CAIO FERNANDO ABREU

Limite branco

Posfácio
Natalia Borges Polesso

Companhia Das Letras

Copyright © 2022 by herdeiros de Caio Fernando Abreu

Grafia atualizada segundo o Acordo Ortográfico da Língua Portuguesa de 1990, que entrou em vigor no Brasil em 2009.

Capa
Elisa von Randow

Imagem de capa
Leonilson, 1957 Fortaleza — 1993 São Paulo, *Ano zero km sai por preço de banana,* 1992, tinta de caneta permanente sobre papel, 18 × 12,5 cm.
Foto © Eduardo Ortega/ Projeto Leonilson.

Foto do autor
Delfos/ PUCRS

Preparação
Cristina Yamazaki

Revisão
Paula Queiroz
Marina Nogueira

Os personagens e situações desta obra são reais apenas no universo da ficção; não se referem a pessoas e fatos concretos, e não emitem opinião sobre eles.

Dados Internacionais de Catalogação na Publicação (CIP)
(Câmara Brasileira do Livro, SP, Brasil)

Abreu, Caio Fernando
  Limite branco / Caio Fernando Abreu ; posfácio Natalia Borges Polesso. — 1ª ed. — São Paulo : Companhia das Letras, 2022.

  ISBN 978-65-5921-226-2

  1. Romance brasileiro I. Polesso, Natalia Borges. II. Título.

22-99296   CDD-B869.3

Índice para catálogo sistemático:
1. Romance : Literatura brasileira   B869.3

Aline Graziele Benitez – Bibliotecária – CRB-1/3129

[2022]
Todos os direitos desta edição reservados à
EDITORA SCHWARCZ S.A.
Rua Bandeira Paulista, 702, cj. 32
04532-002 — São Paulo — SP
Telefone: (11) 3707-3500
www.companhiadasletras.com.br
www.blogdacompanhia.com.br
facebook.com/companhiadasletras
instagram.com/companhiadasletras
twitter.com/cialetras

Sumário

Um quarto de século — Caio Fernando Abreu, 7

Tempo de silêncio, 17
A pequena raiz, 23
Diário I, 35
Luciana, 39
Diário II, 49
O mundo, 55
Diário III, 67
A descoberta, 73
Diário IV, 85
A viagem, 87
Diário V, 99
O sonho, 103
Diário VI, 113
Bruno, 119
Diário VII, 133
A volta, 137

Diário VIII, 147
O passeio, 151
Diário IX, 165
A queda, 169
Tempo de silêncio, 177

Tempo de fazer — Natalia Borges Polesso, 185

Sobre o autor, 195

Um quarto de século

Publicado em 1971 pela desaparecida editora Expressão e Cultura, graças à recomendação da escritora Carmen da Silva, *Limite branco* foi escrito em 1967, exatamente 25 anos atrás. Foram dois ou três meses de trabalho diário, à tarde e à noite, numa pensão da rua General Vitorino, centro de Porto Alegre. Pelas manhãs, eu frequentava as aulas do primeiro ano de letras na Faculdade de Filosofia da UFRS,* onde encontrei meus dois primeiros grandes amigos: [Maria Lídia] Magliani e João Gilberto Noll. A excelente pintora Magliani vive hoje em Tiradentes, interior de Minas Gerais, e João Gilberto Noll, um escritor consagrado, transita entre o Rio de Janeiro e o Rio Grande do Sul. A eles — que acreditaram em seus sonhos, e por isso me fortalecem — o livro continua dedicado.

Limite branco (que originalmente não se chamava assim: foi rebatizado por Hilda Hilst, a quem devo ainda a bela epígrafe e tantas coisas mais) é um romance de e sobre um adolescente no

---

* Universidade Federal do Rio Grande do Sul, atual UFRGS.

final dos anos 1960. Naquela transição, no Brasil, entre o golpe militar e o fatal AI-5, um pouco antes de o psicodelismo e o sonho *hippie* mudarem os comportamentos. O momento histórico em que se passa mal e mal aparece no livro: ele é intimista, voltado quase exclusivamente para dentro. É óbvio, com todas as ingenuidades que a visão de mundo de um autor e um personagem adolescentes (ou pouco mais que isso) podem conter.

Relendo-o — e foi, juro, quase insuportável reler/ rever estes últimos 25 anos —, fiquei chocado com a sua, por assim dizer, inocência. E digo "por-assim-dizer" porque essa *inocência* do personagem Maurício (e do Caio que o criou) tem muito de falso pudor, de medo, moralismo, preconceito, arrogância, egoísmo, coisas assim. Não fosse a insistência do editor Pedro Paulo de Sena Madureira, que parece acreditar nele, honestamente eu teria preferido manter bem longe do público todas essas precariedades constrangedoras de escritor e ser humano principiantes.

O que me fez aceitar a tarefa de revisar (frequentemente reescrever) sua linguagem foram basicamente duas coisas. Gosto de sua estrutura — esse parêntese que se abre no primeiro capítulo para fechar-se no último, entremeado por *flashbacks* e pela narrativa, no presente, do diário íntimo (este, o ponto fraco do livro). Tenho também certo carinho pelos capítulos que falam sobre a infância, especialmente pela personagem Luciana, a suicida, e por outros nos quais se faz vagamente presente a Porto Alegre daquele tempo, com seus bondes, plátanos e a antiga ponta do Gasômetro.

É um livro antiquado, concordo. Fala de uma época pré-informática, quando estudavam-se latim e francês, e a boa educação era quase uma camisa de força. É também um livro imaturo. Maurício, visto hoje, parece um Peter Pan vagamente virgem, aterrorizado com a possibilidade de tornar-se adulto. Até mesmo seu erotismo e sua ambiguidade sexual aparecem cobertos por uma capa de onirismo que beira a hipocrisia.

O livro acaba quando a realidade bate à porta. Confrontado com uma transformação radical, perdidas as seguranças, Maurício não tem outra alternativa a não ser encarar aquela ameaçadora senhora da qual andou fugindo tanto — a Vida. De uma forma ou outra, suponho, todo mundo um dia passa por isso. Mesmo os que, como eu, tentam prolongar a adolescência indefinidamente... Revisar este livro, e os 25 anos que se passaram desde a sua publicação, deixou em mim a sensação não exatamente dolorosa, mas sem dúvida dura, de que Carlos Drummond de Andrade tinha absoluta razão quando escreveu em "Os ombros suportam o mundo":

Chegou um tempo em que a vida é uma ordem.
A vida apenas, sem mistificação.

Caio Fernando Abreu
São Paulo, 1992

LIMITE BRANCO

Para Magliani e João Gilberto Noll

Este é um tempo de silêncio. Tocam-te apenas. E no gesto
Te empobrecem de afeto. No gesto te consomem.

Tocaram-te nas tardes, assim como tocaste
Adolescente, a superfície parada de umas águas? Tens ainda
                                        [nas mãos
A pequena raiz, a fibra delicada que a si se construía em solidão?

Hilda Hilst

Tempo de silêncio

Não havia nada, estava tudo escuro. Maurício remexia o corpo sobre a vasta e desconhecida extensão da cama, sentindo os membros descolarem-se uns dos outros. Erguia os braços e, na ponta deles, as mãos que voltavam úmidas do vazio. Passava-as devagarinho pelo rosto, sem conseguir distinguir qual seria o mais escaldante daqueles dois contatos. Ou seria frio? Seria frio aquele roçar de pele contra pele?

Queria perguntar em voz alta, mas a voz não saía, por mais esforços que fizesse, por mais que seus braços furassem o vazio e seu corpo amarrotasse as cobertas sem encontrar posição. Febre, tenho febre, pensou. E as palavras eram algo sólido, uma certeza onde poderia segurar-se. Tenho febre, repetiu sem voz. Passou novamente a mão pela testa, sentiu-a estranha. Quente, seca, fria, úmida. Havia inúmeras gotinhas sobre ela, gotinhas minúsculas que sua mão ia destruindo aos poucos. Levou a ponta dos dedos até os lábios. Sentiu um gosto salgado. De suor, lágrima, medo. Levantou o corpo na cama — não, medo não. Sacudiu a cabeça, as gotas rolavam pelo rosto sem que ele soubesse se seriam de suor ou de lágrimas. Das faces desciam pelo pescoço, molhavam o peito, o ventre, as coxas, os pés, escorregavam para dentro e fora dele. Estavam nele, junto com ele — eram ele próprio. O medo. Medo não medo não medo não, resistiu. Pois se sentisse medo, pensou vagamente, não poderia contar sequer consigo próprio. E eu só tenho a mim, eu só tenho a mim, repetiu, voltando a cair sobre a cama. Não posso sentir medo, não devo sentir medo, não quero sentir medo.

Era só um pesadelo. Que ia passar, como passam os pesadelos. Um sonho pesado porque comera demais na véspera. Mas quando fora isso, a *véspera*? As paredes vazias pareciam arreganhar os dentes com indagações: vamos, diga, quando foi a véspera? Mas não sabia responder, era como se estivesse há séculos ali, jogado sobre aquela cama. Não havia véspera. Não havia ontem nem hoje nem amanhã. Não havia tempo. As paredes arfavam, gemiam: vamos, diga, há ou não há tempo?

Há, constatou, ouvindo as badaladas que vinham de muito longe. *Tim-dom, tim-dom, tim-dom*: eram os suspiros compassados do tempo, que dormia no bojo do relógio. De repente, Maurício lembrou que já ouvira aquele som. De hora em hora, ele sublinhava a sua angústia. Procurou contar as badaladas distantes, mas não conseguiu. Com suas bocas abertas, as paredes engoliam os sons. Como se o defendessem das coisas exteriores, querendo guardá-lo só para si. Talvez fossem cúmplices do relógio, talvez não houvesse mesmo tempo. Talvez não houvesse nada além daquele escuro. Doloridas, as suposições galopavam em sua cabeça. Mas não se afirmavam, não se definiam. Todas traziam consigo a palavra que lhes negava a própria clareza: *talvez*. Talvez, repetiu. E era só o que sabia. Ou não, não: sabia mais. Sabia que o relógio estava do seu lado. Tornou a erguer o corpo na cama. Não estou só, pensou. E com tanta força que a voz quase saiu. Desejou que o relógio tocasse novamente. Seria bom, seria vivo ouvir um som, qualquer som, mesmo aquele *tim--dom* inexpressivo, monótono. Queria um som. Quase alegrou--se, pensando que ter um querer, por menor que fosse, já seria um passo para emergir do vazio. Prestou atenção: um som, só um ruído, não era pedir muito, sabia. As paredes tentaram desviar seu pensamento com outras indagações, mas ele não lhes deu atenção. Sabia o que queria, elas não o desviariam. Desta vez, não. Mas o silêncio era espesso como uma porta de ferro, nada o transpunha. Ah, ele sabia que, se conseguisse ouvir algum som, seria o primeiro passo. Depois, fatalmente, viriam outros. Um terceiro, um quarto e um quinto passo até as janelas se abrirem para deixar entrar luz e vento. Pensou então que ele mesmo poderia produzir esse primeiro som, talvez gritar.

Tentou falar. Mais uma vez descobriu que estava sem voz. Levou os dedos até a cabeceira da cama. Era madeira, verificou, sentindo a aspereza oculta pela camada de verniz. Então bateu. Primeiro devagar, como se apenas experimentasse a consistência, depois com mais força, mais e mais. Sentia os dedos esfolados, os pulsos exaustos, as unhas ferindo a madeira. Sem resultado. Parecia que todas as coisas estavam envoltas por uma fina camada de gaze, que sufocava qualquer rumor. Maurício tornou a passar a mão pela madeira, mas sem raiva, quase numa carícia, sentindo-a grávida dos sons que ele não conseguia despertar. Pensou em levantar-se. Desistiu. Estava muito fraco. As mãos eram bolas de chumbo suspensas nos pulsos. O corpo instável às vezes crescia, como se se derramasse pelo quarto inteiro, para depois diminuir, balão desinflado de gás. Voltava a ser um pequeno corpo humilde, perdido no meio da viscosidade das cobertas.

Então vinha o medo. Não queria aceitar a palavra, empurrava-a para longe do cérebro, mas ela voltava a se impor, e ele estava tão fraco que nem podia lutar. Vinha o medo frio, vinha o medo lento. Primeiro uma carícia brincando nos tornozelos, leve arrepio subindo pelas pernas, arrepiando as coxas. No ventre, solidificava-se feito compressa de carne mole, gelada. No peito, apertava como se quisesse estancar o ritmo do coração, e na garganta implorava para ser transformado em grito. Um grito que quebrasse as paredes, arrebentasse o teto, como um cavalo selvagem. Mas junto vinha também o cansaço recolhido no fundo do corpo, recusando-se a atender o pedido. Enfurecido, o medo escalava o pescoço, fazia estalar a cabeça. Maurício levava as mãos até as orelhas, apertava-as, sentia o liso frio das faces, implorava: não não não. Sem pausa, sem sentido, sem voz, ele implorava como devem implorar os condenados à morte frente ao pelotão de fuzilamento. Sem empenho, porque jamais seria atendido. E, de repente, a dor cessava. Então mergulhava num poço silencioso, esverdeado de musgo, vazio de arestas.

Maurício encolheu-se devagarinho, começou a chorar. Mesmo no escuro, agora não mais as confundia com suor. Reconhecia as lágrimas no gosto de sal deixado na boca, nos lagos finos escorrendo pelo rosto, nos soluços que a garganta espalhava pelo corpo todo. O corpo que tinha se tornado pequenino, quase sem forma. Quem sabe, assim, não era um feto, apenas um feto, um ser humano em gestação, sem face, sem nome nem nada? Não era. A mente mais lúcida recusava os descaminhos da imaginação.

Ele abriu os olhos. E acolheu todos os sentimentos, mesmo o medo. Não queria ficar só. Virou o rosto contra o travesseiro, sentindo o contato com a fronha limpa. As lágrimas molhavam o pano, mas eram um consolo. As paredes não riam mais. Um sentimento novo encolhia-se dentro dele, em atitude de espera. Não sabia dar-lhe nome, mais isso não era essencial. O essencial que estava dentro dele, o novo sentimento — quente, amável —, como se apontasse um caminho com o dedo em riste.

Eu me chamo, pensou: Eu me chamo Maurício. E era a única coisa que sabia de si mesmo. Maurício, repetiu, eu me chamo Maurício. Era uma certeza, uma esperança. E, além de tudo, havia agora o pequeno animal encolhido dentro dele. Devagar, passou a mão no peito, numa carícia que ultrapassava a própria pele. Sim, sim era doce, boa, quente e amiga aquela sensação encolhida ali dentro. A salvação estava nela, se é que havia alguma espécie de salvação.

Escutou um ruído que vinha de fora. *Tim-dom, tim-dom*, acompanhou com os lábios, repetindo, acolhendo o tiquetaquear do relógio. Mas não conseguiu reconhecê-lo, não era o relógio. Moveu o rosto, voltando-o para o lado de onde vinha o som, e descobriu que havia uma porta ali. Percebeu que batiam nela, em seguida uma voz chamava pelo seu nome. "Maurício, Maurício!", diziam. Havia uma imensa tristeza guardada no fundo daquela voz que chamava por ele.

Mexeu o corpo com dificuldade, os pés procurando firmarem-se no assoalho, as mãos buscando apoio nas paredes. Com meia dúzia de passos estaria ao lado da porta, mas vencia lentamente o caminho, um peso enorme sobre os ombros. A voz continuava a chamar:

— Maurício! Maurício, abra a porta!

Não estou só, então, pensou. Localizou um pouco de angústia no fundo da voz atrás da porta. Do outro lado havia alguém que se preocupava com ele. Estendeu a mão para o trinco.

— Já vou — disse devagar, sentindo a voz nascer rouca, esfarelada.

Abriu a porta. Viu primeiro a silhueta de um homem, sem conseguir distinguir-lhe as feições. Pôde apenas perceber, por trás dele, o grande relógio de pêndulo oscilante. Deu um passo para dentro do quarto para ver melhor, então sentiu uma grande pena do homem, de sua barba por fazer, seus ombros curvos, sua roupa preta, os óculos que pareciam embaçados por lágrimas evaporadas. Baixou os olhos para o próprio corpo, e teve pena de si próprio também. A camisa molhada de suor, calças amassadas, pés magros e descalços recortados contra a madeira dura do assoalho.

— Entre, papai — disse.

O homem fez um movimento. Maurício teve vontade de abraçá-lo. Conteve-se. Sentou na cama, encostou a cabeça na parede.

— Preciso falar contigo, meu filho.

— Eu sei. Pode falar.

O pai estendeu o braço, afastou as cortinas que tapavam a janela. O sol pulou para dentro do quarto. Depois abriu a boca. Maurício preparou-se para escutar.

A pequena raiz

O mais interessante em tia Violeta é que ela não tinha um canteiro de violetas. Em compensação, tinha um de moranguinhos. Tinha também broches representando morangos, morangos empalhados, bibelôs em forma de morangos, morangos bordados na barra de toalhas e colchas e vestidos, cabelos cor de morango. Seu doce preferido, compota de morango. Daí seu apelido Violeta Moranguinho, que a piazada da vizinha gritava em voz de falsete, com aquela maldade funda de que só a infância é capaz. Violeta sem violetas, também a chamava o pai, mas então ela gostava. Ria, e por um instante ficava tão feliz que Maurício tinha ainda mais pena dela.

Mesmo assim, esse era um dos mistérios menos misteriosos da casa. Mas sempre que Maurício queria pensar sobre eles, era daí que partia. Talvez porque estivesse mais próximo de sua compreensão, mesmo sendo inteiramente incompreensível.

Mistério maior era o álbum que vovó abria devagar, certas noites, mostrando folhas e fotografias amareladas pelo tempo, roídas pelas traças. Brotavam dele homens de caras bigodudas, mulheres de cintura-parece-que-já-vai-quebrar, meninos de calças pelo meio das canelas, meninas com enormes laços de fita no cabelo. E todos ficavam respeitosos quando, depois do jantar, a avó sentava na cadeira de balanço e começava a folhear o passado. Tia Violeta conseguia chorar — e isso era também um mistério. A mãe ficava engraçada, queria consolar tia Violeta, mas estava na cara que também morria de vontade de chorar. Mesmo assim, resistia — e isso era outro mistério. Até tio Pedro, por trás da bigodeira, ficava diferente, e tia Mariazinha apertava o braço dele, repetindo a cada instante: "Que saudade, Pedro, que saudade!". De vez em quando, a mãe deixava de lado tia Violeta e, voltando-se para o pai, dizia as mesmas coisas que tia Mariazinha. E vovó sorria, fazendo Maurício pensar que ela era a avó mais bonita que ele conhecia, com aqueles óculos de tartaruga, os cabelos cor de cinza, as mãos iguaizinhas a folhas de papel de seda amassadas.

Só quem não mudava era Edu. Ou melhor, mudava sim, embora fosse uma mudança diferente da dos outros. Parecia que ficava com raiva, e a escondia por trás de um sorriso de superioridade. Maurício ficava confuso. Respeitava muito Edu. Talvez porque só o visse nas férias, mas de qualquer jeito Edu era o sujeito mais sabido que ele conhecia. Quando fosse grande, queria ser como ele. Queria falar aquelas mesmas coisas difíceis de entender. Queria rir igual àquele riso-de-canto-de-boca quando vovó abria o álbum. Talvez assim conseguisse desvendar o mistério que havia naquele ritual.

Um dia, lembrava bem, enquanto vovó falava, Edu interrompeu-a para chamá-lo:

— Maurício, vem cá. Eu quero conversar contigo.

Aproximara-se devagar, um sestro de felicidade enredando os movimentos. Gostava da maneira como ele dizia seu nome, sem acrescentar os *inhos* melosos de tia Violeta e tia Mariazi-

nha. Mas enquanto caminhava, sentia que a voz da avó ia ador-
mecendo no fundo da garganta, que tia Violeta interrompia no
meio um soluço e tio Pedro erguia uma sobrancelha. Tudo mudava, um silêncio de espera se estruturando lento. Vai acontecer
alguma coisa, pensou. E achou-se um pouco importante por fazer parte daquilo que ia acontecer. Falou:

— Quê?

Edu curvou-se para ele. Como é bonito, pensou, como é
bonito. Os olhos azuis olhavam nos olhos dele, a mão de dedos
longos apertava seu braço. Pensou com tanta força que quase
não ouviu o que ele dizia:

— Maurício, sabes o que é uma burguesia decadente?

— Hã?

— Burguesia decadente, sabes o que é? Um negócio completamente podre, ridículo, sem a menor razão de ser. Sabes o
que é?

Maurício entortou de leve a cabeça. Podre, sabia o que era.
Uma vez vira uma galinha assim, morta no fundo do quintal. Ridículo era uma coisa parecida com uma velha muito velha que
pintava os olhos e os beiços para parecer mais moça, como o pai
dissera na tarde anterior ao ver dona Picucha na janela. Mas havia outras coisas podres também, e outras tantas ridículas. E tantas mais que não sabia qual delas escolher para mostrar a Edu.
Mas o primo tinha aquele jeito de quem já sabia a resposta. Então disse:

— Não. Não sei, não. O que é?

Edu jogou a cabeça para trás. Fez um gesto largo, abrangen-
do toda a sala e todas as pessoas que estavam dentro dela:

— É isto — mostrou. — Estas paredes, aquela porta, o relógio ali no canto. Esta cadeira onde estou sentado, essa roupa de
veludo que tu estás usando, esse lustre de cristal. Principalmente aquele álbum que vovó tem na mão.

25

— Pelo amor de Deus, Edu! — gritou tia Mariazinha, a voz desafinada pela indignação.

Tio Pedro veio vindo. Maurício encolheu-se no fundo de sua roupa de veludo. Era igual ao gigante das histórias que Luciana contava. E Edu parecia um príncipe. Um príncipe de espada na mão, cabelos ao vento, reflexos dourados dourando o azul dos olhos.

— Edu, é isso que tu aprendes com teus estudos na capital? É isso, me diz, é isso?

Os bigodes de tio Pedro tremiam. Vovó sorria vagamente, perdida atrás dos aros de tartaruga dos óculos. As mãos como duas rosas murchas segurando as folhas do álbum. Tia Violeta tinha a boca aberta, pronta para reiniciar seu soluço do ponto em que o interrompera. E a mãe o puxava pelo ombro, para perto de si, de um jeito que machucava um pouco.

— Responda, seu grandessíssimo filho de uma pu...

— Pedro! — O grito de tia Mariazinha cortou o palavrão em duas fatias que não chegaram a tomar forma.

— Responde: é isso que tu aprendes?

— É — Edu respondeu. — É isso que eu aprendo.

Tio Pedro levantou o punho, aproximou-o devagar do rosto imóvel de Edu. Por um momento Maurício pensou que ia esmurrá-lo, e desejou que o lustre de cristal despencasse sobre sua cabeça.

— Seu mal-agradecido! Filho de uma puta!

Desta vez, tia Mariazinha não teve tempo de interrompê-lo. Maurício olhou para a cara dela, porque, afinal, Edu era seu filho. Mas estava impassível. Ninguém se mexia. Pareciam todos esperar que Edu dissesse ou fizesse alguma coisa, enquanto tio Pedro insistia:

— Peça já desculpas à sua avó e a seus tios, seu cachorro.

O primo curvou-se num simulacro de saudação. Como se tirasse um chapéu de penas, e as penas arrastassem no chão quando falou em voz de falsete, o rosto trêmulo, o azul dos olhos faiscando:

— O humilde cachorro Eduardo Mota de Araújo Lima pede desculpas ao nobilíssimo clã reunido em mais uma noitada de agradável sarau.

Olhou um por um e saiu da sala.

Tio Pedro sentou na cadeira de onde o filho levantara, escondeu a cabeça nas mãos. Imediatamente a raiva abandonou Maurício. Invadiu-o uma grande pena daquele homem tão grande, que agora parecia menor que ele mesmo.

— O Pedro e o Edu andam muito nervosos — tia Mariazinha tentou explicar.

— Deve ser o tempo — ajudou tia Violeta. — Eu também ando um pouco assim. Imagine que ontem mesmo...

Mas o pai fez um gesto com a mão e ela se calou. Na porta apareceu de relance a cara assustada de Luciana. O relógio bateu dez pancadas. *Tim-dom, tim-dom.* Da rua chegou a voz de um bêbado cantando um tango. Mamãe suspirou, apertou com muita força seu ombro. Só vovó continuava a sorrir aquele sorriso empoeirado e sem tempo por trás dos óculos de tartaruga.

O quarto de Edu. Paredes cheias de quadros, estantes desabando de livros. Um cinzeiro sempre cheio de pontas de cigarros que Luciana recolhia e jogava no lixo todo dia. O toca-discos com aqueles grandes círculos negros, de onde nascia uma música sem palavras, meio chata, arrastada, dava um bruto sono na gente. A lâmpada de cabeceira inclinada para o lado da cama. Tudo tão diferente do resto da casa, era como entrar num mundo novo, ali. Maurício tinha a mesma sensação de quando saía do pátio quase sem árvores para afundar no taquaral cheio de sombras.

Passava dias querendo entrar no quarto do primo, sem se atrever. Edu saía antes de ele acordar e, quando chegava a hora de dormir, ainda não tinha voltado. Ou então trancava-se e ficava ouvindo aquela música que ia amolecendo a gente por dentro. Maurício não sabia se era sempre a mesma, pareciam todas iguais, com aqueles pianos lentos e violinos fininhos.

Agora abria a porta devagarinho, atento aos ruídos que na hora da sesta sempre pareciam maiores do que realmente eram.

— Edu? — chamou baixinho. — Edu, posso entrar?

O primo estava sentado à mesa, escrevendo. Voltou para ele o rosto coberto por uma barba castanha. Sorriu:

— Claro que pode, Maurício. Qual é o galho: seco ou verdolengo?

Maurício riu. Tão fácil conversar com Edu. Mesmo quando não entendia o que ele estava dizendo, mesmo quando tio Pedro gritava e tia Mariazinha chorava, mesmo quando todos ficavam falando mal dele depois que saía — mesmo assim, gostava de Edu e de tudo que ele dizia.

— Verdolengo — respondeu, sem saber exatamente por quê.

— Ih, são os piores. Mas vamos ver o que se pode fazer. Tome assento, seu moço.

Ele obedeceu. Uma coisa boa, um novelo de paz se desenrolando por dentro. Encolheu-se numa ponta de cama, escondeu debaixo dela os pés descalços, embarrados pela chuva do dia anterior. Deslizou os olhos pelas paredes. Os quadros, três. Uma cara muito triste, meio cinzenta, de olhos enormes e uma margarida no meio da testa (ele pensou que, se em vez de margarida houvesse um moranguinho, a cara seria igual à de tia Violeta); um enorme campo amarelo coberto por um céu escuro; e, no terceiro quadro, uma figura que ele não entendia e o assustava um pouco. Era como se o pintor tivesse colocado muitas tintas sobre a tela, depois passado as mãos por cima. As cores se misturavam, entrando umas por dentro das outras, loucas, esquisitas. No meio, aquela espécie de olho negro, meio oculto por trás de pálpebras avermelhadas pela febre. A pupila desvairada, em forma de ponto de interrogação, feito um furo no meio do olho que olhava para ele com raiva. Quase sentiu medo, e pensou que Edu devia ser muito corajoso para dormir com aquele mostrengo do lado. Isso aumentou ainda mais a admiração que tinha pelo primo. Levantou os olhos para Edu. Deparou com o olhar azul e aquele sorriso-de-canto-de-boca.

— Gostas dos quadros?

Maurício sacudiu a cabeça.

— Gosto, sim.

— O que é que eles te parecem?

Entortou a cabeça, indeciso. Pareciam muitas coisas. Edu apontou para o primeiro:

— Aquele?

— Parece tia Violeta, né?

Edu sorriu. Apontou o segundo:

— E esse?

— Parece quando a gente acorda de manhã e não tem ninguém de pé ainda. Parece também quando vai ficando de noitinha, na fazenda. Parece quando um bêbado passa cantando de madrugada, e quando a gente ganha um presente no dia de Natal.

— E esse outro?

— Esse me dá medo. Me lembro de tio Pedro, quando briga contigo.

Os olhos de Edu entristeciam.

— Que mais? — perguntou.

— Não sei bem. Quando estou com muita raiva de uma pessoa, também.

O primo acendeu um cigarro. Chupava a fumaça, depois soltava-a devagarinho pelo nariz. Saía um fio muito fino, depois ia subindo, subindo, e a cabeça de Maurício ia junto, sem poder parar, vontade de prender aquela fumacinha, guardar dentro de um cofre, para que só ele pudesse olhar.

— Se eu te mandasse escolher um quadro, qual é que tu escolherias?

— Dado? Pra botar no meu quarto? Pra mim mesmo? Ou só o que eu gosto mais?

— Dado. Pra botar no teu quarto.

Apontou para o campo amarelo:

— Aquele.

— Por quê, Maurício?

— Porque me dá vontade de ser bom, de ser como eu sou de manhã, quando não tenho raiva de ninguém. Acho que se eu olhasse um pouquinho para ele todos os dias, acabava ficando bom.

— Tu não és bom?

Baixou a cabeça, corado. Roeu uma unha, confessou:

— Não. Quer dizer, de manhã eu sou, mas... — hesitou um pouco e acrescentou: — Ontem eu matei um passarinho.

Sentiu que Edu o olhava de maneira estranha, sem sorrir nem recriminá-lo. Apenas olhava, com uma tristeza colada no fundo do azul dos olhos, brotando dos dedos compridos que avançavam até seu rosto, numa leve carícia.

— Achas então que é muito importante ser bom?

— Acho.

— E conheces alguma pessoa boa?

— Conheço — respondeu sem pensar.

— Quem?

Vários rostos se misturaram em sua cabeça, em todos encontrava um defeito. Luciana contava histórias, mas às vezes ficava brava, dava beliscões na hora de dormir. A mãe, a mesma coisa. Na avó, não gostava daquele cheiro de coisa guardada há muito tempo dentro de um armário — e parecia-lhe que quem cheirava assim não podia ser uma boa pessoa. Tio Pedro... Encarou o primo e disse:

— Tu.

Desta vez, sim, Eduardo sorriu um sorriso completo, mostrando os dentes muito brancos e parelhos. Mas foi breve. Em seguida, disse lento:

— Um dia tu vais compreender que não existe nenhuma pessoa completamente má, nenhuma pessoa completamente boa. Tu vais ver que todos nós somos apenas humanos. E sofrerás muito quando resolveres dizer só aquilo que pensas e fazer só aquilo que gostas. Aí, sim, todos te virarão as costas e te acharão mau por não quereres entrar na ciranda deles, compreendes?

Maurício mordeu de leve os lábios, indeciso na resposta que deveria dar. Eduardo sacudiu a cabeça, enquanto seus dedos voltavam a acariciar-lhe o rosto.

— Não. Não compreendes, não. Mas não vai demorar muito para isso. Um dia...

Interrompeu-se, ficou olhando para o retângulo iluminado que o sol projetava sobre a mesa. Um silêncio caiu entre os dois. Maurício sentiu que ele escapava. Queria fazer uma pergunta, mas parecia um pouco falta de respeito ser o primeiro a quebrar o silêncio.

— Estás querendo perguntar alguma coisa — disse Edu. — O que é?

— Eu... eu não sei dizer bem o que é.

Tinha vergonha. Escondeu os pés por baixo da cama. A mancha de sol descia aos poucos da mesa, começando a espalhar-se também pela cama. A cara de Eduardo parecia também uma mancha de sol, pensou. As outras todas eram tristes, enfarruscadas. Só a dele era clara. Seria por causa dos olhos azuis? perguntou-se, e no mesmo instante ficou triste. Se fosse assim, ele mesmo — Maurício — não teria nunca uma cara de mancha de sol, com seus olhos escuros. Endireitou o corpo e perguntou:

— Aquilo que tu falou outra noite, sabe? Aquilo de ser podre.

— Sei. Que que tem?

— Tem que tu parece que quis dizer que todo mundo era assim. Mas eu não sou, não é, Edu? Eu não quero ser...

O primo tornou a sacudir a cabeça, tão devagarinho que parecia estar muito cansado.

— Não é, não. Ainda não. Por enquanto, pelo menos, tu és o único que tem possibilidades.

— O que é *possibilidades*?

— É... é assim uma coisa que pode ou que não pode ser. Mas é quase certo que pode.

— E o que é que eu posso fazer para não ser como os outros?

— Não querer ser — disse Eduardo. — Não querer nunca ser. Não deixar que pensem por ti. Que te ponham rédeas como se fosses um cavalo.

Levantou-se e começou a dar grandes passadas pelo quarto, mãos nos bolsos, um cigarro apagado esquecido no canto dos lábios. De repente ajoelhou-se ao lado dele, segurou-o pelo ombro:

— Não deixar principalmente que entrem dentro de ti e queiram arrancar isso que está aqui, entendeu? — Levou uma das mãos até o coração de Maurício. Apertou com força: — Agora vai brincar. Eu preciso escrever uma carta.

Maurício começou a andar em direção à porta. Um gesto do primo o deteve.

— Toque aqui — disse ele estendendo a mão.

Timidamente, Maurício encostou sua mão na dele. Os dedos de Eduardo fecharam-se com força sobre os seus.

Foi-se desprendendo devagar, as pernas meio trêmulas, a cabeça cheia de ideias que chiavam e pulavam como o doce de abóbora que Luciana fazia no tacho preto. Fechou a porta, encostou o corpo no trinco frio. Passou a ponta do dedo na palma da mão que ainda retinha o calor. Sorriu. E sentiu de repente que alguma coisa começava a nascer dentro dele.

Diário I

15 de maio

Há pouco fiquei me olhando durante muito tempo no espelho. Tenho a impressão de que meus traços mudam todo dia. Ou não são bem os traços que mudam, porque os olhos, o nariz, a boca continuam os mesmos. É uma coisa que está em todos os traços ao mesmo tempo, e ao mesmo tempo em nenhum. Ontem eu estava com raiva, olhei meu rosto e achei que ele tinha uma expressão meio diabólica. Me senti mal só de olhar. Outro dia, estava com uma bruta vontade de abraçar todo mundo, até as pessoas que eu não conhecia. Minha cara estava mansa, quase bonita.

Hoje estou com uma moleza por dentro, uma coisa que não sei bem explicar como é, parece um imenso tapete de algodão embranquecendo tudo. Papai me provocou à hora do almoço, como sempre, mas não reagi. Baixei a cabeça, continuei comendo sem dizer nada. Aí ele parou com a agressão, começou a ser muito gentil e tudo. Então me deu muita raiva. Por que *não pode me tratar bem sempre? Será preciso que eu baixe constantemente os olhos para que ele não me magoe? Se for assim, vai me magoar a vida inteira, porque não quero — nunca — baixar os olhos para ninguém.*

Está chovendo. Pela janela posso ver, lá embaixo, as pessoas correndo, de capas e guarda-chuvas. As árvores do parque estão todas molhadas, mais verdes. Engraçado, não gosto do meu quarto — das paredes, dos móveis —, mas gosto demais das coisas que posso ver pela janela. Das coisas que estão fora dele, porque o que está aqui dentro eu acho muito parecido comigo. E eu não gosto de mim. Ou gosto? Não sei. Talvez pareça não gostar justamente porque gosto muito, então exijo demais de meu corpo, e as coisas erradas que ele faz — são tantas! — me fazem detestá-lo. A gente sempre exige mais das pessoas e das coisas a que quer bem, as que queremos mal ou simplesmente não queremos nos são indiferentes.

A chuva serviu de pretexto para não ir à aula. De qualquer maneira, mesmo que não estivesse chovendo, eu não iria. Só que teria que mentir. Pegar os livros, ficar caminhando durante horas pela beira do rio, pela minha praça ou pelas ruas do centro. Tenho faltado muito. E papai e mamãe vão descobrir de qualquer jeito. Mas não me importa. Quero, um dia, não me importar com eles, nem com o que possam pensar ou dizer, nem com qualquer outra pessoa. Ah, como eu queria ser eu mesmo, por um dia, uma hora que fosse. Mas como é difícil, meu Deus, como é difícil.

Invejo a coragem de Marlene, que abandonou os pais e foi viver sozinha num apartamento. Não consigo me imaginar morando longe deles, numa mesma cidade. Eles tomaram conta de mim, dos meus pensamentos, tenho a impressão de que são mais eu do que eu mesmo. Seria necessário um esforço muito grande para me libertar deles. Seria como arrancar um braço, uma perna. Porque as coisas e as pessoas que fazem parte da minha vida vão aos poucos entrando em mim, depois de algum tempo já não sei dizer o que é meu e o que é delas. Mesmo assim, bem no fundo, há coisas que são só minhas. E embora me assustem às vezes, é delas que mais gosto. Como essa vontade de acabar com tudo, que me dá de vez em quando.

Ontem, caminhando pela beira do rio, eu pensei que, se desse dois passos e um impulso no corpo, em breve tudo estaria terminado. Olhei para a rua também, e aqueles automóveis que passavam zunindo ofereciam uma morte fácil e rápida. Aqui no meu quarto também existem coisas que podem matar — a lâmina no aparelho de barbear, a própria janela de que gosto tanto. No quarto de meus pais há o revólver na gaveta, o vidro de comprimidos para dormir. Na cozinha, gás. No banheiro, aqueles vidros escuros de veneno. É fácil morrer. A toda hora, em todos os lugares, a morte está se oferecendo. Mais difícil é continuar vivendo. Eu continuo. Não sei se gosto, mas tenho uma curiosidade imensa pelo que vai me acontecer, pelas pessoas que vou conhecer, por tudo que vou dizer e fazer e ainda não sei o que será. Ontem, foi com dificuldade que consegui sair de perto do rio. Hoje parece impossível que eu tenha pensado aquilo.

Eu não me conheço. E tenho medo de me conhecer. Tenho medo de me esforçar para ver o que há dentro de mim e acabar surpreendendo uma porção de coisas feias, sujas. O que aconteceria, então? O orgulho de ter conseguido chegar perto de meu coração? Ou uma grande humildade, uma humildade de cão faminto, rabo entre as pernas, costelas aparecendo? Não sei, não sei — minha cabeça quase estala quando faço essas perguntas, meu pensamento escorrega, se desvia, foge para longe, como se ele também tivesse medo da resposta. E talvez nem seja preciso coragem. Talvez seja necessário apenas um breve impulso, como aquele que me fazia mergulhar de repente na água gelada do açude da fazenda. E eu nem era corajoso por fazer isso, apenas tinha esquecido por um instante de mim, do meu corpo.

A fazenda. Muitas vezes me dá uma grande saudade daquilo, daquele tempo, de Edu, que só nas férias vinha da faculdade de direito, de vovó com seus álbuns de fotografias, tia Violeta com os seus moranguinhos, Luciana com suas histórias. Principalmente, saudade daquilo que fui e, sei, não sou mais e nunca mais voltarei a ser. Mas logo afasto essas coisas da cabeça. Só trazem tristeza, reavivam coisas que eu não queria mais sentir. Essas lembranças passam pela cabeça sem se deter. São humildes, parecem esperar um aceno para caírem sobre mim. Quase nunca faço esse aceno; elas desaparecem, deixando um gosto e um cheiro muito leves de poeira, armário aberto depois de muito tempo, lençol limpo, café preto com broa de milho. Gosto de tempo, elas deixam.

Tempo. O tempo que faz que estou aqui, escrevendo. Não importa, eu gosto. Até essa dor nas costas que está começando é gostosa, diferente da que me dá quando sento para estudar. Mamãe há pouco bateu na porta, depois abriu e perguntou se eu estava bem. Achei engraçado. "Eu nunca estou bem", tive vontade de responder. Ou então: "O que é estar bem?". Preferi dizer que sim: "Sim, mamãe, estou bem". Ela se foi. Não consigo olhar de frente para ela. Aquela barriga enorme me faz baixar os olhos. Não posso aceitar a ideia de que ela vai ter um filho. Sei que é ridículo pensar assim, mas isso me parece — não sei — obsceno, indecente. E não é ciúme da criança que vai nascer. Bom, é melhor parar de escrever essas coisas. Vou riscá-las. Me sinto mal só de pensar nelas.

Luciana

Luciana morta dentro do caixão enorme. Sobre a mesa, quatro velas ardendo. Coroas de flores por toda parte. A chuva batendo nas vidraças, o vento inclinando plátanos e eucaliptos, que despiam suas folhas para jogá-las contra a janela. A chuva esmaecia o contorno dos corpos, apagava o rosto das pessoas, suavizando os ângulos dos objetos para transformar tudo numa massa cinzenta, aqui e ali entrecortada por soluços. Caminhos de lama pelo chão, coisas de fora que as solas dos sapatos das pessoas traziam e depositavam no assoalho encerado dois dias antes pela própria Luciana.

Maurício encolheu-se no fundo da poltrona, enrolando-se mais no cobertor. Mamãe o mandara ficar ali, sem se mover, com um rosto tão sério que ele nem sequer se atrevia a mudar de posição. A perna já estava dormente, como se cravassem nela mil agulhas muito finas e compridas. Luciana não ia voltar nunca mais, ele sabia. E agora, meu Deus, como seria agora nas noites de chuva e vento — como hoje —, quando ela vinha com seus braços cheirosos e seu sorriso bonito afastar o medo e a insônia — como seria, meu Deus? Veio uma ardência nos olhos. Uma sugestão de lágrima dançou úmida no pensamento. Mas ele a afastou, medo e vergonha de ceder: "Seja homem", Luciana dizia. "Homem não chora."

Como vai ser, Luciana? Me diz, como vai ser quando eu estiver com resfriado e tu não estiveres pra me dar chá de laranjeira? Como vai ser quando entrar um caco de vidro no meu pé e não tiver ninguém pra botar mercúrio e esparadrapo? Luciana, me diz, quem é que vai fazer pandorga pra mim quando estiver ventando um ventinho bom? Quem vai fazer doce de abóbora e me deixar comer a rapa no fundo do tacho? Quem vai escolher forquilha boa pra me fazer um bodoque? Quem, Luciana, quem?

As lágrimas começavam a escorrer, ele não tinha mais vergonha. Quentes, desciam pelas faces, ensopando o cobertor, pingando sobre o chão encerado — ainda anteontem, meu Deus — por Luciana. E Maurício não sabia se chorava por ela ou por si mesmo, sem Luciana. Sentia-se pequenino, só, perdido dentro do cobertor, aquele tremor que não era frio nem medo: uma tristeza fininha como as agulhas cravadas na perna dormente, vontade de encostar a cabeça no ombro de alguém que contasse baixinho uma história qualquer.

Olhou em volta. Não conseguia distinguir os rostos das pessoas. Sabia que ali estavam vizinhos, comadres, que aquela sombra de farda verde, cabeça enterrada nas mãos abertas, era o noivo de Luciana, que o vulto mais soluçante de todos era o de tia Violeta. Sabia, mas não podia acreditar que fossem eles mesmos. Quem sabe se não estavam todos fazendo de conta e de repente alguém ia dar uma grande risada enquanto Luciana levantava do caixão, atirando para longe os panos roxos e as flores que afogavam seu rosto, quem sabe? Chegou a mexer a perna, tirou o pescoço para fora do cobertor. Agora, pensou com força. Cravou as unhas nas palmas das mãos, fechou os olhos, aguardou a risada que viria acabar com tudo. Agora, repetiu. Foi baixando novamente a cabeça, os lábios roçando pelo pano áspero de lã. Agora agora agora. Mas nada acontecia além das conversas que saíam das bocas das pessoas e rolavam até seus ouvidos, incompreensíveis:

— Mas como foi fazer isso? Uma moça boa, forte, bonita, alegre, trabalhadeira...

— ... noiva — acrescentou alguém de voz rouca.

— É mesmo, ainda mais essa. Fico com pena é do rapaz. Dela, não, porque, afinal, o que é que a gente importa neste vale de lágrimas?

— Nada — respondeu a voz rouca.

Uma terceira voz intrometeu-se na conversa. Voz de cachorro, Maurício pensou, descobrindo no fim das palavras tons agudos que lembravam latidos.

— Diz que o padre nem quis encomendar o corpo da infeliz.

— É pecado — disse a voz rouca.

A primeira tornou a falar:

— Foi formicida, não foi?

A voz de cachorro, que parecia bem informada, esclareceu:

— Não. Soda cáustica.

— Aceita um cafezinho? — perguntou de repente uma outra voz.

Maurício escondeu as orelhas no cobertor. Não queria mais ouvir. Passou as mãos pelos tornozelos fazendo-as subir até os joelhos, onde se detiveram sobre uma casquinha de ferida. Tiro ou não tiro? Acariciou a casquinha, deixando deslizar entre os dedos a forma arredondada. Lembrou a voz de Luciana, uma voz lustrosa, entremeada de reflexos de riso: "Tira nada, guri. Olha que as tripas saem por aí". E ele não tirava. Então ela vinha com a água oxigenada, algodão, iodo, gaze, e curava o machucado tão bem que até dava vontade de se machucar de novo. Suspirou, a perna começando a adormecer outra vez.

As pernas grossas de Luciana, os seios fartos de Luciana, as cadeiras largas de Luciana — tudo enrolado em panos roxos, preso dentro do caixão. O caixão enrolado em flores que transbordavam sobre a mesa, algumas escapulindo para o chão, esmagadas por pés cobertos de lama. Aquilo era o começo do nunca mais, pensou Maurício. E repetiu em pensamento: nunca nunca nunca mais. Porque quando uma pessoa morria, era para sempre. Mas não conseguia compreender palavras grandes como essas: *nunca, sempre*. Havia o dia de ontem, o dia de hoje e o dia de amanhã. Havia mesmo os dias de uma semana atrás, de um mês ou, com um grande esforço que quase fazia a cabeça estourar, os dias de um ano atrás. Mas *sempre* era muito mais que um ano; e *nunca*, muito menos que um segundo. Sempre e nunca — ele imaginava uma coisa muito grande e branca, que a gente olhava de baixo para cima, sem conseguir ver onde terminava. Luciana ia ficar para sempre na parede branca, para nunca mais voltar.

Bocejou sem querer, o pensamento difícil fazendo o sono pesar nas pálpebras que ameaçavam fechar. De repente sua atenção voltou-se para a silhueta que surgia na porta. Era vovó, com seus cabelos cor de cinza, as rosas murchas no lugar das mãos. Aproximava-se com firmeza do caixão, os tacos grossos dos sapatos batendo fortemente no assoalho, fazendo as conversas morrerem, transformadas num murmúrio de expectativa. Por um segundo Maurício imaginou que ela fosse sacudir Luciana pelo ombro e dizer com voz seca: "Vamos, sua china preguiçosa, chega de folga. Já chega de estar se refestelando aí nessa maciota de panos e flores". Imaginou e desejou, desejou que ela dissesse, vamos, vovó, diga. Esqueceu da perna, a boca entreaberta por um bocejo que não se completou. Diga, vovó, diga. Mas a velha curvou-se sobre o caixão, afastou o lenço e depositou um beijo na face branca de Luciana.

42

Maurício escondeu o rosto. Não era raiva o que sentia, era de novo aquela tristeza fininha, agulhando seu pensamento, seu coração. Arrancou com força a casca da ferida do joelho, espiou por baixo do cobertor. Mas o sangue não veio. Então ergueu os olhos, ficou olhando as folhas dos plátanos coladas à vidraça, a cabeleira despenteada dos eucaliptos. O vento, a chuva. A noite que vinha chegando. Tornou a afundar a cabeça na quentura úmida do cobertor. Como vai ser, como vai ser, Luciana? perguntou baixinho. Mas ninguém respondeu.

Esperava ansioso as noites de inverno quando o minuano uivava enfurecido, com vontade de derrubar a casa. Encolhia-se no fundo dos lençóis, o peso dos acolchoados esquentando o corpo, vontade de ficar uma vida inteirinha ali, esquecido de tudo, de todos. Era nessas noites que Luciana vinha. Vinha com seu corpo grande, seu sorriso bonito, uma xícara de leite morno, um pedaço de bolo. E as reclamações:

— Deita aí, seu pestinha. Fica se fresqueando nesse vento frio e acaba pegando uma constipação. Depois a gente é que sofre o dia inteiro, cuidando dessa porcariazinha de guri.

Reclamava rindo, as mãos ajeitando as cobertas em volta do corpo do menino. Que cheiro bom tinha Luciana quando se curvava para ele. Maurício fechava os olhos, aspirava fundo: parecia o cheiro da fazenda. Depois abria os olhos, ficava vendo os movimentos dela. Como Luciana era grande, como Luciana era boa, como Luciana era bonita, como...

— Luciana, por que é que tens as mamicas tão grandes?

Por um segundo a moça ficava séria. Depois ria:

— Porque sim, ué.

— Mas por quê, Luciana? As minhas são pequenininhas, olha aqui, ó — desabotoava o pijama e mostrava.

Luciana ralhava de novo:

— Abotoa esse troço, guri! Se tu pega uma pulmonia acabam é botando a culpa em mim.

— Mas por quê, Luciana...

— Por que o quê? — perguntava ela distraída, enquanto mexia nas cortinas, já esquecida da pergunta.

— ... que tu tens umas mamicas tão grandes?

Ela largava os braços como quem diz: "Quem é que pode com esse pestinha?". Então explicava:

— É porque eu sou mulher e tu és homem.

— E se eu fosse mulher, aí tinha?

— Tinha.

— E se tu fosses homem, aí não tinha?

— Não tinha.

— E se...

Luciana fechava a cara:

— Toma já-já este leite e para com essas perguntas senão eu chamo a comadre Joana!

Maurício parava. Comadre Joana — *brrrrr*! —, um arrepio de nojo, frio e medo eriçava-o todo. Lembrava da velha babona, a boca sem dentes, as mãos iguais a duas garras. Estendia a mão, pegava o copo de leite. Bebia devagar, calorzinho gostoso descendo pela garganta, espalhando-se pelo corpo inteiro. Depois era a vez do bolo, que tinha o mesmo cheiro de Luciana.

— Já tomei — dizia. — Agora conta uma história.

Ela sentava na beira da cama. Voltava os olhos para a janela onde o vento colocava assobios de inverno.

— Qual? A do Negrinho do Pastorejo?

— Não. Essa tu já contou. Outra.

— Deixa ver... A do boitatá?

— Essa também tu já contou.

— A da Moura Torta, então.

— Puxa, Luciana, eu já conheço todas essas. Uma história nova.

— Hum... nova?

Ela começava a passar a mão sobre a colcha de retalhos que tia Violeta tinha feito. A mão morena contrastava com os pedaços coloridos de tecido. Baixava a cabeça, uma sombra escurecia seu rosto, fazendo-a ficar muito séria. Maurício espichava o corpo na cama, preparando-se para ouvir. Luciana começava:

— Era uma vez...

— Uma princesa, já sei.

— Não sabe nada. Fica quieto senão não conto. Era uma vez um castelo onde morava uma rainha muito velha, junto com três filhas. Uma das filhas era solteira, mas as outras duas eram casadas. Uma das casadas tinha um filho assinzinho do teu tamanho e igualzinho a ti, só que era ainda mais chato. A outra tinha um filho que era um príncipe muito bonito, de olhos azuis e dedos muito compridos. Esse príncipe não morava junto com elas no castelo, morava numa cidade muito grande e muito longe. Só vinha nas férias, e então todo mundo ficava mais alegre, tudo ficava mais colorido, porque ele era muito bom e muito bonito.

Maurício achava graça:

— Que engraçado, parece o Edu, não é, Luciana? Me diz, ele era parecido com o Edu, era?

Luciana ficava muito tempo quieta, alisando os fios rebeldes da colcha de retalhos. Depois dizia:

— Era. Era sim. Bem igualzinho a seu Eduardo.

Maurício achava engraçado ela dizer "seu Eduardo" e ficar tão triste sempre que falavam nele. A história continuava:

— Nesse castelo também tinha uma moça muito pobre que servia de empregada. Todos tratavam muito bem ela, e ela queria muito bem todo mundo, principalmente aquele piazinho que era igual a ti.

— E era bonita a moça essa?

— Era. Acho que era.

— Como é que ela era, hein?

— Grande, trabalhadeira, os cabelos pretos e os olhos dum castanho bem claro, quase cor de casca de laranja quando está madura.

— Parecidos com os teus, então?

— É. Parecidos com os meus. Mas a moça vivia muito triste, porque ela gostava do príncipe e tinha roubado um retrato dele. Todos os dias, quando acordava de manhã, a primeira coisa que ela fazia era olhar bem pra cara dele. Aí a moça sorria e ficava um pouquinho alegre. De noite, antes de dormir, ela olhava de novo o retrato, dava um beijo nele e ficava outro pouquinho alegre.

— Pera aí — interrompia Maurício. — Naquele tempo já tinha retrato?

— Retratos são modos de dizer. Era uma pintura que um pintor tinha feito do príncipe.

— Ah, bem. Mas essa moça era meio doida, não era?

— Doida por quê, guri?

— Ih, Luciana, esse negócio de beijar retrato é só doido que faz.

Ela explicava, sorrindo — um sorriso diferente dos que costumava sorrir:

— Não, gurizinho. Quando a gente gosta mesmo duma pessoa, a gente faz essas coisas. — Calou um momento, depois acrescentou: — Faz até pior.

— Pior, como? Lamber o prato que a pessoa come?

Ela não respondeu. Maurício deu uma cuspidinha de lado, fazendo cara de nojo.

— E daí, Luciana?

— Daí que a vida da moça foi ficando um inferno. Ela não pensava noutra coisa o dia inteiro. Só no amor que sentia. Pensava no amor que sentia pelo príncipe o dia inteiro, nem comia mais direito, nem dormia, nem trabalhava nem nada. As princesas e a rainha ralhavam com ela o tempo todo. Passava o ano todo esperando o príncipe vir de férias. Mas quando ele vinha, a moça ficava ainda mais triste.

— Por quê, hein?

— Porque ela via ele todos os dias.

— Ué, mas não era então pra ela ficar alegre em vez de triste?

— Não, porque o príncipe não ligava mesmo pra ela.

— Mas ela não era bonita?

— Era.

— Então por que o príncipe não gostava dela?

— É que ela era empregada.

— E o que tem isso?

— Tem que ela não sabia calçar um sapato bonito pra ir nas festas do castelo, nem tinha nunca vestido uma roupa bonita nem ido num baile. E se fosse, todo mundo ia ficar logo vendo que ela nunca tinha ido e o príncipe ia ficar muito triste e morto de vergonha.

— E o príncipe sabia que ela gostava dele?

— Não. Ela não queria contar pra ele porque ele era muito bom e ia ficar triste por não poder gostar dela. E ela não queria que ele ficasse triste.

— E depois, Luciana? — perguntou Maurício, que estava achando aquela história meio sem jeito.

— Depois o príncipe foi embora.

— E a moça?

— A moça morreu, coitada.

— Morreu como, Luciana?

— Tomou um veneno.

— Tadinha da moça…

Maurício baixava os olhos, encostava a cabeça no travesseiro. Uma vontade de chorar e chorar de pura pena da moça-empregada-que-amava-o-príncipe-que-não-gostava-dela.

— Que história mais triste, Luciana.

O minuano forçava as vidraças. Por baixo delas escorregava um friozinho que colocava arrepios na pele da gente. Maurício tinha a impressão de que junto com o frio escorregava também um grande silêncio. Lá fora só se ouvia algum latido de cachorro ou barulho de lata que o vento levava para diante, sem dó. De manhãzinha o pátio estaria todo atapetado de geada, ele espiaria pela janela e acharia tudo muito bonito. Depois voltaria para a cama, cairia num sono ainda mais gostoso, para acordar com a voz da mãe chamando: "Tá na hora da aula, Maurício". A colcha de tia Violeta esquentava o corpo por fora, o copo de leite de Luciana esquentava a gente por dentro. Todo ele estava quentinho e pronto para dormir. O frio continuava escorregando pela janela, cada vez mais gelado. Um silêncio, meu Deus. Tadinha da moça da história. Os olhos iam-se fechando, o corpo diminuindo, caindo num poço todo algodoado, sem fundo. De súbito voltava à tona, atraído por um barulho muito leve. Abria os olhos e perguntava:

— Luciana, por que é que tu estás chorando?

Diário II

16 de maio

Deus. Eu acho que o problema maior em relação a Deus não é crer ou descrer — é sentir ou não sentir. Não há uma crença sem o sentimento profundo, enraizado, de que ele existe e está em nós. Ou se há, é uma crença completamente falsa, como quase todas que conheço. E eu não sei se creio ou não porque ainda não senti.

Ontem isso quase aconteceu. Foi na hora que a chuva parou, à tardinha. De repente parei de ler o livro que tinha nas mãos e senti vontade de me aproximar da janela. Vi então as árvores da praça, ainda pesadas de gotas d'água, vi o asfalto que parecia novo, o céu lavado, algumas pessoas ainda com guarda-chuva, um arco-íris lá no fundo, atrás dos morros. O sol estava se pondo também, e embora eu não pudesse vê-lo, enxergava os caminhos coloridos que seus raios pintavam nas paredes dos edifícios. E — de repente — senti. Estava tudo muito *bonito, e muitas vezes eu choro quando tudo está assim, bonito. Mas não foi isso.*

Comecei a olhar as coisas desde os detalhes da janela até lá onde estava o arco-íris. Olhei o vidro quebrado, os carros estacionados lá embaixo, o asfalto, as pessoas, as árvores, a praça — meu olhar subindo cada vez mais. À medida que subia, eu ia esquecendo de meu corpo, esquecendo de mim. Quando olhei o arco-íris, me desprendi quase totalmente. Não adianta, não sei explicar. As palavras traem o que a gente sente. Mas sei que, por um instante, quase senti. Como se eu soubesse que havia uma pessoa atrás de mim, mas fingisse não ver, embora conservasse o corpo tenso, à espera de que me tocasse o ombro. Tive uma consciência muito grande de meu corpo e, ao mesmo tempo, um esquecimento total. Fechei os olhos, cruzei os braços apertando a mão contra a camisa, pensando com força: "É agora, é agora, é agora". Como um conhecimento que vinha e, quando eu abria as mãos para segurá-lo, escapava. Eu precisava me concentrar de novo, pensar muito fundo, em nada, quase sem respirar, para que ele se aproximasse de novo. Aos poucos, fui-me desligando do que havia em volta, fixado somente naquela espécie de onda que crescia, crescia dentro de mim, mas nunca quebrava. Em certo momento, senti que tudo tinha se tornado mais intenso. Subiu uma espécie de arrepio pelas pernas, um calor como se alguém pousasse a mão sobre a minha cabeça. Foi então que me entreguei. Alguma coisa ia ser definida, uma coisa que eu nunca vira antes e não sabia exatamente o que era. Quando ela quis desenrolar-se para atingir não sei se meu cérebro ou meu coração, veio um barulho de bonde gritando nos trilhos lá embaixo.

Abri os olhos. E percebi que tinha ficado muito tempo ali, pois tinha escurecido. Fechei os olhos de novo, tornei a cruzar os braços, esperei, repeti baixinho: "É agora, é agora...". Mas nada mais aconteceu. Depois fiquei pensando: por que, afinal, relacionar isso com Deus? Poderia ser simplesmente uma emoção estética, qualquer coisa assim. Não sei explicar por que escrevo isso, mas sei que não era. Não foi, também, um sentimento passageiro. Tanto não foi que estou até agora envolvido nele. Parece que me deu mais profundidade, um pouco mais de fé, de certeza, como se eu tivesse vivido uma vida inteira naqueles minutos e soubesse, então, que existe algo por trás.

Não sei dizer se tenho necessidade de Deus. Acho que sim, senão não existiriam estas indagações, estas dúvidas, senão não haveria esta página neste caderno. Já passei pela fase do automatismo, quando Deus se resumia a umas rezas apressadas antes de dormir, ou a uma lembrança mais ardente em véspera de prova difícil. Já passei também pelo ateísmo, embora fosse só de fachada. "Deus está morto" — eu repetia, citando frases de livros que não lera. Mamãe e papai se escandalizavam, eu me achava o máximo da intelectualização. Depois, fui vendo que não podia resolver o problema assim da mão para o pé; que eu, Maurício, pouco mais que uma criança, não era ninguém para tentar resolvê-lo. Achei que seria melhor esquecer. Foi o que tentei fazer. O que estou tentando. Mas de vez em quando acontecem essas ameaças de revelações, e as dúvidas voltam.

De qualquer maneira, acho que se não existe Deus — ou qualquer outra força cósmica a que se possa dar esse nome — tudo é um grande caos. Uma grande merda, para ser bem claro. Todas essas filosofagens e angústias, essa procura de uma definição, de um caminho — tudo isso seria tão ridículo sem Deus. E são tudo hipóteses. Ninguém pode saber nada sobre Deus antes de morrer. Ou talvez possa — quem sabe? Os santos, os iluminados? Talvez existam mesmo "os escolhidos".

Mas este é um problema que não vou resolver em três ou quatro páginas de caderno, embora goste de pensar sobre ele. Inútil, portanto, forçar o cérebro. E além do mais, fico muito etéreo *quando escrevo sobre isso. Subo a tais alturas que depois é quase impossível descer. E eu quero descer para falar sobre algo bem concreto: a minha solidão.*

Acho que o fato de ser só é inevitável, independe de fatos externos. Há pessoas que nascem para serem sós a vida inteira. Eu, por exemplo. Acho que mesmo que um dia case e tenha uns dez filhos (coisa que não me atrai nem um pouco, diga-se de passagem), ou mesmo que consiga encontrar a amizade que sonho — e de cuja existência a cada dia mais e mais duvido —, acho que mesmo que aconteçam essas coisas, continuarei só. Claro que há a minha própria companhia, este diário, os livros que leio, as drogas que escrevo de vez em quando — mas tudo como que circunscrito a um círculo completamente fechado. Frequentemente me assusto, pensando que a vida vai acabar sem que eu encontre um grande amor ou uma grande amizade, ou mesmo uma grande vocação que justifique esse isolamento. Mas nada posso fazer, essas coisas acontecem sem que a gente as procure. O melhor a fazer é deixar "lavrado o campo, a casa limpa, a mesa posta, com cada coisa em seu lugar", como disse o poeta. E mesmo assim, talvez eu continue a fazer as refeições sozinho durante toda a vida.

Muitas vezes tentei dizer essas coisas às pessoas. É tão difícil. Se elas são adultas, o que fazem é sorrir meio de lado, como quem diz: "Mas isso faz parte do jogo". E se são da minha idade, me olham com um olhar onde se reflete o meu próprio desamparo, dizendo palavras que a minha voz também poderia pronunciar. É assim com Marlene. Foi assim com Bruno. Só agora eu sinto que as minhas asas eram maiores que as dele, e que ele se contentava com os ares baixos; eu queria grandes espaços, amplitudes azuis onde meus olhos pudessem se perder e meu corpo pudesse se espojar sem medo nenhum. Queria e quero — ainda. Voar junto com alguém, não sozinho. Mas todos me parecem tão fracos, tão assustados e incapazes de ir muito longe. Talvez eu me engane, e minhas asas sejam bem mais frágeis que meu ímpeto. Mas se forem como imagino, talvez esteja fadado à solidão.

Quando escrevo poesia, é sobre isso que escrevo: o medo da solidão como sina. E vivo a lavrar o campo, a limpar a casa, a colocar as coisas nos seus lugares certos; só que o que eu espero é a Desejada, não a Indesejada. Eu espero a Vida, não a Morte. Não sei se ela virá. E não sei se apenas por estar dentro dela, isso significa que ela esteja em nós, em mim.

Estou me repetindo, dizendo mil vezes a mesma coisa. No fundo, há só uma verdade: me sinto só. Talvez seja essa a causa dos meus males. Ou será o desconhecimento do que sou, como escrevi ontem? O que sei é que as coisas que preocupam podem ser resumidas em poucas palavras: Deus, solidão. E no fundo, o que existe sou eu. Como um grande ponto de interrogação sem resposta.

Bruno. Às vezes me lembro dele. Sem rancor, sem saudade, sem tristeza. Sem nenhum sentimento especial a não ser a certeza de que, afinal, o tempo passou. Nunca mais o vi, depois que foi embora. Nunca nos escrevemos. Não havia mesmo o que dizer. Ou havia? Ah, como não sei responder às minhas próprias perguntas! É possível que, no fundo, sempre restem algumas coisas para serem ditas. É possível também que o afastamento total só aconteça quando não mais restam essas coisas e a gente continua a buscar, a investigar — e principalmente a fingir. Fingir que encontra. Acho que, se tornasse a vê-lo, custaria a reconhecê-lo.

Mamãe está nos últimos meses de gravidez, talvez no último. Nem sei bem, porque não falo com eles, evito ao máximo olhar para ela. Tia Clotilde está por chegar do Rio, com Maria Lúcia. Mamãe queria que tia Violeta e tia Mariazinha viessem do interior, mas elas praticamente se enterraram vivas depois que o tio Pedro morreu. São nossos únicos parentes vivos, além de Edu. Mas Edu é como se estivesse morto, também. Depois que se formou, foi embora e nunca mais apareceu por aqui. Tia Clotilde é que de vez em quando sabe dele e escreve à mamãe, contando. Sabemos que casou e está, como eles dizem, "muito bem de vida". Talvez seja o único de nossos parentes que não me deprime e a quem eu gostaria mesmo de rever. Mas faz uns bons dez anos que não nos encontramos. Admiro a coragem que ele teve de romper com tudo e ir viver a sua vida.

Ridículo em mamãe esse desejo de se ver rodeada de parentes na hora de parir a criança. Ridículo esse vago sorriso de garanhão orgulhoso que parece colado à boca de papai. E ridículo em mim estar escrevendo essas coisas.

Confesso que estou um pouco curioso para rever Maria Lúcia. Era uma guriazinha implicante, manhosa, cheia de dengos, terrivelmente chata. Pode ser que tenha melhorado, embora eu não acredite muito nisso. Ainda mais agora, que está na idade de frescurinhas, bailes, namorados, primeiras pinturas no rosto. Ela era uns dois ou três anos mais moça que eu, deve estar com uns quinze, dezesseis. Eu gostaria de ignorá-la, se for besta mesmo como penso. Gostaria de fazê-la sentir (e não só ela, mas todo mundo) que não preciso de ninguém. Mas não adianta: um dos meus males é ter medo de magoar as pessoas.

Não precisar de ninguém... E há pouco me queixava de solidão. Eu não me entendo mesmo.

Cansei de ficar escrevendo. Tem um sol muito bonito lá fora. Queria aproveitá-lo junto com alguém. Como esse alguém não existe, vou ter que aproveitar sozinho. Vou até a minha praça, na beira do rio. Ver o pôr do sol e, por um segundo, sentir uma alegria enorme. Depois, uma espécie de medo sem perguntas e a tristeza crescendo, fazendo nascer a vontade de morrer. Ou de viver ainda mais, com muito mais intensidade.

O mundo

O taquareiro no fundo do quintal era a ilha de Robinson Crusoé. Robinson era ele, enrolado no pelego do quarto de vovó, pés descalços, caminhar asselvajado. O papagaio, uma galinha descuidada que escapara aos olhos da empregada e agora cacarejava sem o menor talento teatral, as pernas amarradas em Sexta-Feira. E Sexta-Feira? Sexta-Feira era uma acha de lenha enegrecida pelo fogo, com uma rutilante dentadura de casca de laranja. (Maurício achava que um negro que se prezasse deveria ter os dentes brancos, chegou mesmo a arquitetar um plano para roubar a dentadura de vovó, que fazia poses tentadoras dentro do copo d'água, na mesinha de cabeceira. Depois desistiu, de medo da chinela.)

Enfiada no meio das taquaras estava a casinhola de tonel vazio, guardando dentro as panelas de latas de azeite e a espingarda de cabo de vassoura. Em alto-mar, jazia ainda o navio encalhado, repleto de tesouros: um carrinho de mão sem uma perna, carregado de todo o lixo que Maurício conseguira juntar no pátio, incluindo uma preciosa roda de bicicleta torta.

O papagaio infelizmente não sabia nenhuma palavra, embora não fosse tão mudo quando Sexta-Feira. E o pobre Robinson-Maurício era obrigado a dialogar consigo mesmo, para não esquecer como se falava. Gostava era quando aparecia o leão que morava nas vizinhanças. Aí, sim, esbanjava valentia. Guardava Sexta-Feira e o papagaio-galinha dentro da cabana, carregava a arma e vinha enfrentar a fera que, para sua decepção, não correspondia ao ímpeto com que ele se atirava à luta. (O que não era de admirar, pensava ele, em se tratando de um gato gordo, castrado e velho.) Mesmo assim, o tempo da luta era exceção, cheio de gritos e energia.

Na maioria das vezes era obrigado a ficar calado, pensando nas coisas que formavam a vida de Robinson-Maurício. E eram tão poucas essas coisas, naquela ilha pequenina e deserta. Quando se entediava muito, tinha que comer moranguinhos surrupiados dos canteiros da tia, ou então, último recurso, pensar nas coisas da vida de Maurício-Maurício. E que, uns dias, pareciam muitas, e difíceis de serem pensadas, mas noutros eram tão insignificantes quanto as de Robinson. Aquele quintal despido de grama e de árvores, nu, à exceção do taquareiro e dos pequenos canteiros atrás da casa. Fechando os olhos e ouvindo o barulho-não-barulho que o silêncio fazia, podia quase imaginar que estava no mar. Nunca tinha visto o mar, a não ser em fotografias e desenhos, mas devia ser assim mesmo, pensava, as narinas palpitando na imaginação de cheiros desconhecidos. Era bom quando havia vento, porque trazia o perfume dos temperos usados na cozinha, que colocavam uma saudade maior nos seus gestos, uma melancolia que devia assentar muito bem a um pobre náufrago. De repente, lembrava de sua condição e tentava mergulhar nela outra vez. Inútil. A imaginação escapava para outros espaços, e Maurício tinha a impressão de que até a galinha-papagaio se detinha, na expectativa do que iria acontecer, voltando para ele uns olhinhos pisca-piscantes onde se refletiam sucessivamente surpresa e indiferença.

Sexta-Feira — este sorria sempre, mas infinitamente mudo, infinitamente distante. Não tanto por ser preto e selvagem, mas principalmente por ser coisa, e não carne. Maurício sentia falta de outra carne brincando junto com ele. Uma carne infantil como a dele e — como ele — no limiar de grandes descobertas. Ele as fazia a todo instante, mas iam morrendo à medida que nasciam, assassinadas pelo silêncio a que eram confinadas. Às vezes apertava Sexta-Feira nos braços e pedia baixinho: "Fala, fala, Sexta--Feira, fala que eu te dou a minha sobremesa na hora do almoço. Fala que eu te dou o meu caminhãozinho de roda vermelha. Fala que eu te dou aquele relógio grande da sala de jantar". Suas posses se esgotavam, e ele passava a dispor das alheias: a dentadura de vovó, o pala de papai, o sapato de salto de mamãe. Passava às posses dos vizinhos, das pessoas que ele nem conhecia. Em desespero, oferecia o céu, as nuvens, o pôr do sol, a lua, as estrelas, o vento, a chuva. E Sexta-Feira continuava a sorrir seu sorriso mudo, os dentes amarelos num esgar que pedia desculpas por não poder aceitar. Maurício jogava-o longe, a tristeza e o desapontamento pingavam junto com as lágrimas. Sexta-Feira deixava apenas manchas pretas de carvão nos seus braços e mãos pesadamente vazias.

Foi quando apareceu Maria Lúcia. Maria Lúcia vinha de longe, trazia um chiadinho engraçado no fundo das palavras. Maurício reencenou toda a cena do naufrágio, as braçadas aflitas para alcançar a praia, jogado na areia, arfando. Reamarrou a galinha-papagaio, recapturou Sexta-Feira, já meio desbotado de tanta esfregação. Maria Lúcia olhava de lado, sem dizer coisa alguma. Até que não se continha, pedia:

— Maurício, você deixa eu brincar também, deixa?

Ele não respondia. Colava os olhos ao horizonte. Dizia umas palavras a Sexta-Feira. Tornava a matar o leão. Tomava um banho de cachoeira, pescava, assava peixe numa varinha, vivendo dois dias enquanto a prima esperava um minuto.

— Deixa, hein? Deixa?

Maurício continuava mudo. Afastava os cabelos da testa, um ar muito triste perdido no canto dos lábios. Vida difícil a de um náufrago. Quando a menina insistia pela terceira vez, ele explodia:

— Guria chata! Tu não vê que um náufrago solitário não pode falar com ninguém?

Repetia as palavras lidas nos livros, sentindo um gosto bom de implicância. Maria Lúcia arregalava os olhos, sem entender direito o que ele dizia. Ainda insistia:

— Mas por que não deixa, hein? Por quê?

— Porque sou um náufrago solitário.

— E o que tem isso?

— Tem que náufragos solitários não falam com ninguém, ora.

— Ué, tem eu, não tem?

Ele desistia de explicar. "Oh, santa ignorância", dizia baixinho para não ofender muito, repetindo o mesmo revirar de olhos de vovó. Mas a prima fazia uma cara tão triste que ele resolvia concordar, mesmo porque era chato brincar sozinho.

— Tá bom. Tu pode entrar no brinquedo.

Os olhos da menina se iluminavam. Até a fita azul no cabelo parecia ganhar um brilho novo.

— Ah, que bom, priminho. Que é que eu sou, hein?

Ele pensava, pensava, a mão no queixo, os olhos fixos na poeira do quintal, na monotonia das ondas. A droga é que na ilha de Robinson tinha tão pouca coisa. Descobria:

— Já sei! Tu pode ser a cabra.

Maria Lúcia desconfiava:

— Cabra? Mas por que é que você quer que eu seja cabra?

— Porque tu parece mesmo uma cabra.

Ela saía chorando:

— Estou de mal com você por toda a vida! Vou contar pra sua mãe e ela vai lhe dar uma bruta surra!

Ele continuava a brincar, em seguida se desinteressava. O que dava gosto ao brinquedo era a prima, ali do lado, olhando com olhos curiosos, admirando, invejando. Sozinho não tinha graça. Depois vinha uma pena muito grande da menina, coitadinha dela, com aquele chiado gozado no final das palavras, os olhos de quem já viu muita coisa diferente, tão burrinha — coitada dela. Os olhos se enchiam de lágrimas, ele ia atrás da prima. Encontrava-a sentada nos degraus da cozinha, mexendo na terra com um pedaço de pau, uma lágrima dançando na ponta do nariz.

— Maria Lúcia, quero te dizer uma coisa.

— Não quero saber, não. Estamos de mal pra toda a vida.

Toda a vida era uma eternidade. E ele queria brincar agora, já. Propunha:

— Olha, faz de conta que toda a vida já passou, tá? Eu te deixo brincar na ilha.

A menina levantava a varinha. A lágrima pingava na terra. Ainda desconfiava de alguma malcriação:

— Deixa mesmo? E o que é que eu sou, hein? Sexta-Feira?

— Sexta-Feira não pode, já tem. Pode ser Sábado, ou Quinta-Feira, então.

— Eu prefiro Sábado, que é dia de tomar banho de tardezinha e botar fita nova no cabelo.

Menina estranha, ele pensava. Gostava de tomar banho e colocar aquelas idiotíssimas fitas azuis no cabelo. Mesmo assim concordava:

— Tá bom. Te deixo ser o Sábado.

Mas depois, mesmo enquanto brincavam, não podia deixar de sentir uma baita pena dela. Fita azul no cabelo, banho todos os dias, pernas finas, meias brancas e, ainda por cima, aquele chiado engraçado sublinhando as palavras. Ah, meu Deus, como eram esquisitas as meninas. Principalmente as que vinham de longe.

O *passeio*, escreveu Maurício no alto da página. Depois, na linha abaixo: *composição*. Mordiscou a ponta do lápis, os olhos postos numa mosca que esvoaçava em torno dele. Em voz baixa, repetiu o título, destacando bem as sílabas: o-pas-sei-o. Desenhou uma margarida entrelaçada na primeira consoante. Bocejou. Mordeu o lápis com mais força. Afastou-o e ficou olhando as marcas fundas na madeira. Passeio. Procurou lembrar de algum que tivesse feito. Não conseguiu. Melhor inventar. Um passeio onde fossem todas as pessoas que ele conhecia. Um passeio de barco. E as pessoas que ele não gostava fossem ficando pelo caminho, morrendo afogadas, abandonadas em ilhas, em barcos em alto-mar.

Começou a escrever o nome dos passageiros do barco. Edu, em primeiro lugar. Depois, Luciana. Mas Luciana já morreu, pensou, e fez um gesto para riscar o nome. Mas a professora não sabe, descobriu, acentuando a perninha do *a*. Quem mais? Maria Lúcia era chatinha, mas podia ir. Mamãe. Papai. Tia Violeta. Tia Mariazinha. Tio Pedro. Tia Clotilde. Vovó. Só. Pensou em quem chegaria ao fim da viagem. Ele, naturalmente. Edu. Luciana também. Talvez Maria Lúcia. E os outros? Afogá-los, não podia. A professora não ia gostar. Melhor deixá-los numa ilha onde houvesse uma fazenda para papai e tio Pedro; um canteiro de moranguinhos para tia Violeta; uma máquina de costura para tia Mariazinha; duas agulhas e um novelo de lã para mamãe e um álbum de fotografias para vovó.

Uma vez nós fizemos um passeio muito bonito, escreveu. E em seguida riscou. Não era um passeio bonito. Ficou em dúvida sobre o adjetivo. Interessante? Comprido? Difícil? Maluco? Não. Desenhou um rosto debruçado sobre uma vogal, jogou longe o lápis e levantou-se.

Melhor dar um passeio, em vez de só escrever sobre um. Abriu a porta do quarto, ficou ouvindo o silêncio. De vez em quando a voz da empregada vinha lá da cozinha, misturada ao bater das panelas. Da rua chegava o zunido da máquina do afiador de tesouras. E era só. Entre os dois ruídos, enormes vácuos de silêncio. Parecia então que a quietude se transformava em poeira, para desabar devagar sobre as coisas. Passou pelo banheiro, espiou. Cheiro limpo, o do banheiro. Cheio de mistérios, também. Aquelas paredes ali viam tantas coisas, pensou. Uma vez espiara tia Violeta pelo buraco da fechadura, mas ela estava de costas e Maurício não conseguiu ver muita coisa. Outra vez espiara Edu, e era tão engraçado que dava vontade de rir — cheio de pelos nos lugares mais inesperados.

Entrou na sala. E, imediatamente, teve a sensação de que não estava só. Olhou para cima, para os grandes retratos empoeirados. Edu era corajoso, ria deles, ou então fazia grandes reverências irônicas. Junto dele, Maurício ria também, mas assim — sozinho —, o que sentia era medo. Medo misturado a um pouco de respeito, desconfiança. Os homens quase todos de caras barbudas, olhares sérios. As mulheres de ares meio masculinos, rostos sérios. Todos sérios.

Aproximou-se lentamente. Passou um dedo sobre a mesa, deixando uma esteira branca na poeira. Poeira: era o que ele tinha a impressão que havia ali. Cobrindo tudo: mesas, cadeiras, o grande relógio, os bibelôs e, principalmente, os retratos. Olhou para cima novamente, e viu que um dos homens o observava. O cabelo repartido ao meio, lábios quase tão finos quanto o bigode que os cobria, uma verruga no queixo. Maurício baixou um pouco a vista e deparou com o colarinho engomado, a gola larga do paletó de tecido escuro, grosso. Devia ser áspero, desagradável de tocar. Olhou o retrato ao lado: uma mulher magra, de enormes olhos caídos, o vestido decotado mostrando os ombros muito brancos e nus. Mas não conseguiu deter-se na fisionomia dela. Olhou o terceiro, um outro e outro mais, mas seu olhar voltava-se sempre para o primeiro. Aquela sombra no canto da boca seria o esboço de um sorriso ou um simples roído de traça? E o nariz, o nariz fino e longo, subindo desde os lábios, dividindo o rosto em duas facções, até encontrar o vértice das sobrancelhas arqueadas. Finas também, descobriu; viu que tudo era fino naquela face. As sobrancelhas, o nariz, os lábios, o bigode, o formato do rosto, o pescoço. Até o corpo, que ele não podia ver, devia ser agudo como uma agulha. E os dedos compridos, esguios, possuiriam unhas longas, afiadas. Maurício tinha a sensação de que o retrato ria dele, como se achasse graça em seu corpo pequeno, seus olhos assustados. Baixou os olhos, investigou-se. Tudo limpo, arrumado. Num desafio, ergueu o rosto para a moldura, mas dentro dela continuava o sorriso. Ele parecia prever alguma coisa. Parecia ter conhecimento de algo que ia acontecer, mas ainda não se definira, entocaiado em algum recanto de sua fisionomia. Passou as mãos pelo rosto, não achou nada, e voltou a olhar o retrato.

Então todas as coisas se dissolveram. Desceu uma grande névoa. No meio dela, aquele homem alto e fino sorria para ele, estendendo os braços. Maurício via a cor estranha através dos lábios entreabertos, e não se movia. Mas não tinha coragem de libertar-se. Ele estendia a mão pálida, segurando a luva vermelha num convite mudo. "Vem, vem", parecia dizer, a voz cortante como punhal. Punhal que entrava em sua carne sem dor, remexendo devagarinho. "Vem, vem." O punhal colava em sua carne, o homem encolhia o braço, puxando-o para si. "Tenho que escrever uma composição", quis explicar. Mas o homem sacudia a cabeça; os dentes eram verdes como pedras de fundo de rio; as mãos, iguais a dois jasmins; o corpo, uma longa espada prestes a quebrar-se. Brotava um cheiro de tempo, muito doce, parecia poeira, mas poeira perfumada, e doce, doce, extremamente doce, tão doce que provocava vertigens, seu corpo por um momento tremia, quase dobrando, quase caindo. A tristeza nos olhos do homem era também fina, mas funda, vinha de dentro, vinha de longe, bem de dentro, muito de longe, cabeças de cobra nas duas pupilas, os corpos sinuosos enroscados no fundo do corpo. A cabeça pendida para o lado, ombros caídos, um cansaço imenso nascia de toda a figura, emprestando-lhe um jeito de folha soprada por muitos ventos, levada por muitas terras, conhecedora de muitos segredos, mas cansada, infinitamente cansada, querendo parar, por um instante debruçar-se no bocal de um poço para ver o próprio corpo amarelado, pisoteado, desfeito quase em pó; o homem curvava-se cada vez mais para ele: "Vem, vem antes que seja tarde. Vem, vem antes que eu me vá". Maurício hesitava, colado ao chão, as emoções retorcidas como as cobras nos olhos do homem, um cavalo branco surgia por trás, crinas ondulantes, narinas abertas, relinchava, e seu relincho era um longo grito de revolta e susto, rios corriam aos pés do homem, havia frutas em volta dele, um campo azul por trás, o vento ondulando a cabeleira repartida ao meio, dobrando o corpo como um junco, o cavalo esperava, o cavalo convidava, o homem esperava, o homem convidava, estendendo a mão: "Já vou partir, ele me espera. Vou partir para ver campos ainda mais azuis que este, montar outros cavalos ainda mais brancos. Vou comer frutos vermelhos, banhar-me nu em rios de claras águas verdes. Vou perder-me nas nuvens, levantar voo como se fosse um pássaro, ah, vou cavalgar dias inteiros, noites sem fim, o vento nos meus cabelos, a chuva lavando meu corpo, o caminho deslizando sob os cascos da minha montaria. E só, muito só, eternamente só se tu não vieres comigo", estendia os braços e dava um passo à frente, as mãos quase tocavam o rosto de Maurício, ele sentia um frio intenso que o fazia arrepiar-se, encolhido e indefeso, a mão se aproximava cada vez mais, o frio aumentava, mas ao redor do homem havia calor e sol, um sol luminoso e um cavalo branco que levaria os dois no lombo para desvendarem segredos em terras desconhecidas, o homem sorria, os dentes verdes, as sobrancelhas, as mãos, o corpo, tudo convidava: "Vem, antes que eu me vá, antes que seja tarde demais. Vem, que eu não tenho ninguém e te quero junto a mim. Vem, que eu te ensinarei a voar e a segurar nas crinas de meu cavalo branco. Vem, que tomaremos banho na chuva, desafiaremos o vento e venceremos o tempo. Vem, que o frio será tão grande, não sentirás mais dores, não sentirás mais nenhum mal. Vem que eu te quero junto a mim", as mãos recendiam a rosas murchas, quase tocavam em seu rosto, Maurício fechou os olhos, oferecendo-se à carícia que devia ser doce, com gosto de hortelã, cheiro de malva, perfume de flor de laranjeira e consistência de espuma: "Vem, não vai doer. Vem, é só um contato, um toque e estarás comigo para todo o sempre".

Maurício abriu os olhos e viu os vermes rastejando sobre a pele da mão estendida. Esverdeada, cheirava mal. Aos poucos foi-se desprendendo. Deu um passo atrás e tudo se desfez.

Apoiou o corpo na mesa, as mãos úmidas de terror, lábios secos de espanto. Levou as mãos à testa para afastar os cabelos que o suor colava à pele. Suspirou devagar, enquanto o corpo tornava a equilibrar-se. Levantou novamente os olhos para os quadros. Procurou divisar o cenário atrás do homem, mas não conseguiu. Eram apenas manchas cinzentas, borrões opacos, informes. Tentou lembrar o que acontecera, mas restava apenas a sombra de uma leve vertigem. Quanto tempo durara? Um minuto ou um século? Voltou os olhos para o relógio, viu que os ponteiros continuavam no mesmo lugar de antes. Como antes também, chegava da cozinha a voz da empregada, barulho de pratos, um canto sem cor nem forma entrecortando os rumores. Da rua vinham os gemidos dos ferros batidos pelo afiador.

O relógio agora batia. Três badaladas. Os ruídos furavam os mistérios, desvendavam os segredos, afastavam as névoas. Sobre a mesa, seu dedo deixara uma pequena estrada aberta no pó. Os cravos, as begônias e margaridas dos vasos estavam murchos. Ao cair da tarde a mãe iria até o jardinzinho com uma tesoura para trazer novas flores, novas cores, novos cheiros. As flores resistiriam dois, três dias, depois seriam substituídas. Para onde iam as flores murchas? Ele não sabia. A peça estava meio escurecida, por uma fresta da janela entravam alguns respingos de luz.

Maurício caminhou até a janela e abriu-a. Ficou vendo a dança frenética dos átomos de poeira que os raios de sol revelavam. Abriu as duas folhas, debruçou-se para fora. Embaixo ia passando uma preta com uma trouxa de roupa na cabeça. Cuspiu na trouxa, pensando que ela nunca descobriria quem tinha sido. Botou a língua para o moleque que passava de bicicleta e respondeu com um palavrão quando ele xingou sua mãe. Depois voltou-se para dentro, rindo, rindo perdidamente, o corpo sacudido, mãos segurando a barriga que doía, ah, doía de tanto rir. Mas ria, ria, era tudo tão engraçado, os sons pareciam pedrinhas caindo da boca, rachando em cacos o silêncio empoeirado. Parecia que não ia poder parar nunca mais. E, de repente, parou. Encostou a cabeça na parede. O contato frio nas costas. Levou a mão até a réstia de sol, buliu com os grãozinhos de poeira. Precisava fazer alguma coisa. Os olhos deslizaram pelas paredes, pelos móveis, detiveram-se sobre o vaso verde. Com dois passos e um movimento rápido, apossou-se dele. Jogou-o pela janela e cerrou os dentes ao ouvir o ruído dos cacos se espalhando pela calçada.

Preciso fazer a composição, pensou de repente, sem susto nem pressa porque a professora sempre elogiava o que ele escrevia. Caminhou até o quarto, abriu a porta e entrou. Sentou-se à mesa, pegou o lápis, começou a escrever: *Uma vez nós fizemos um passeio muito bonito.* Hesitou um pouco e acrescentou: *Um homem alto e magro saiu do quadro e me convidou para montar no seu cavalo branco.* Com um gesto brusco, amassou a folha, jogou-a longe. Pensou no que escrevera. Um homem alto e magro saiu do quadro e me convidou para montar no seu cavalo branco. E eu não fui, pensou. Encostou a cabeça na mesa e começou a chorar.

Diário III

17 de maio

Hoje voltei devagar para casa, com Marlene. Era meio-dia, estava quase frio. Nunca vi um outono tão outono como este. Passamos por uma praça que eu gosto muito. Está bonita, cheia de folhas amareladas caídas no chão. Sempre me desvio delas, fico com pena de pisá-las. Disse isso à Marlene. Ela me olhou surpresa e disse: "Mas elas já estão mortas, compreende?".

Marlene é minha única amiga. Mesmo assim, não é ainda aquilo que eu buscava. Ela também parece perdida. Tenho a impressão de que se busca tão freneticamente quanto eu. Não pode ajudar-me. Seria como dois náufragos prestes a afundar quererem dar a mão um ao outro. Acabariam afundando juntos. Além disso, tem seus amigos, tem sua pintura, tem já seu jeito de viver. Eu, nem isso.

Desviei-me do caminho, fomos até o apartamento dela. Está quase vazio de móveis e, fora os quadros nas paredes, no chão, por toda parte, pouca coisa resta. Mesmo assim, é um lu-

gar só dela, e eu a invejo. Mostrou-me o que está pintando atualmente: um rosto muito vago, cheio de sombras acinzentadas por trás, onde se destaca, mais nítido, um cavalo branco. Me senti estranhamente preso ao quadro, mas na hora não compreendi por quê. Mais tarde lembrei — em nossa casa antiga, no interior, havia na sala o retrato de um parente morto, que me causava a mesma impressão estranha. Havia também um outro quadro, este no quarto de Edu. Três quadros, estranho. Mas não é rara essa sensação de já ter visto uma coisa da qual estou na frente pela primeira vez. Isso acontece com pessoas, ruas, filmes, livros, paisagens, até mesmo certas palavras parecem já terem sido ditas antes, numa outra dimensão, numa outra camada, num outro tempo. Eu me interrompo e pergunto: "Quando? Onde? Em que lugar? Em que tempo?". A resposta nunca vem, e eu fico pensando se não será uma espécie de aviso, de revelação. Depois acho graça, esqueço. Mas há certos momentos brancos, quando caio dentro de mim mesmo e tudo se torna brilhante, claro demais, e por isso mesmo ofusca e eu não posso ver o que há ao redor.

Hoje aconteceu uma coisa engraçada, que atestou mais uma vez a minha incoerência comigo mesmo. Vivo imaginando que de repente vão aparecer fadas ou gênios na minha frente para perguntar o que eu desejo. Hoje pensei sério: se me perguntassem o que mais desejo na vida, não saberia responder. Quero tudo. Mas esse "tudo" é tão grande, tão vago, que me sinto estonteado. É preciso ir limitando meu sonho, apagando as linhas supérfluas, corrigindo as arestas, até restar somente o centro, o âmago, a essência. Mas qual será esse centro, meu Deus, que não encontro?

Sinto-me terrivelmente vazio. Há pouco estive chorando, sem saber exatamente por quê. Às vezes odeio esta vida, estas paredes, essas caminhadas de casa para a aula, da aula para casa, esses diálogos vazios, odeio até este diário, que não existiria se eu não me sentisse tão só. O que eu queria mesmo era um ombro amigo onde pudesse encostar a cabeça, uma mão passando na minha testa, uma outra mão perdida dentro da minha. O que eu queria era alguém que me recolhesse como um menino desorientado numa noite de tempestade, me colocasse numa cama quente e fofa, me desse um chá de laranjeira e me contasse uma história. Uma história longa sobre um menino só e triste que achou, uma vez, durante uma noite de tempestade, alguém que cuidasse dele.

Mas gosto, gosto das pessoas. Não sei me comunicar com elas, mas gosto de vê-las, de estar a seu lado, saber suas tristezas, suas esperas, suas vidas. Às vezes também me dá uma bruta raiva delas, de sua tristeza, sua mesquinhez. Depois penso que não tenho o direito de julgar ninguém, que cada um pode — e deve — ser o que é, ninguém tem nada com isso. Em seguida, minha outra parte sussurra em meus ouvidos que aí, justamente aí, está o grande mal das pessoas: o fato de serem como são e ninguém poder fazer nada. Só elas poderiam fazer alguma coisa por si próprias, mas não fazem porque não se veem, não sabem como são. Ou, se sabem, fecham os olhos e continuam fingindo, a vida inteira fingindo que não sabem.

Eu gostaria de ir embora para uma cidade qualquer, bem longe daqui, onde ninguém me conhecesse, onde não me tratassem com consideração apenas por eu ser "o filho de fulano" ou "o neto de beltrano". Onde eu pudesse experimentar por mim mesmo as minhas asas para descobrir, enfim, se elas são realmente fortes como imagino. E se não forem, mesmo que quebrassem ao primeiro voo, mesmo que após um certo tempo eu voltasse derrotado, ferido, humilhado — mesmo assim restaria o consolo de ter descoberto que valho o que sou. É muito confortável bancar o infeliz e angustiado *quando se vive num* bom apartamento, quando se tem um copo de leite quente toda noite antes de dormir, uma mesada no fim do mês e uma mãe que basta estalar os dedos para dobrar-se a meus pés como uma escrava oriental. Ter demais é o meu mal. Se tivesse que batucar numa máquina de escrever todos os dias num escritório cheio de gente preocupada demais consigo mesma para dar atenção aos meus problemas, se tivesse que andar em ônibus superlotados, usar roupas velhas e sapatos furados, então poderia saber se existe ou não essa força que em vão tento encontrar em meu corpo.

Tem sido tudo muito fácil para mim, fácil demais. Às vezes desejo ardentemente que aconteça uma desgraça, uma catástrofe que me jogue ao nível do chão, para me obrigar a despir as máscaras, os falsos gestos, as falsas palavras. Uma coisa que me torne ínfimo, ainda mais confuso e só do que sou, que me deixe a sós comigo mesmo, nu, na frente de um espelho, a investigar a minha verdadeira condição. Então eu saberia, pela primeira vez eu poderia saber. Então viria a solução final, definitiva. Levantar-me aos poucos, como um pé de vento, lentamente crescendo, incorporando outros seres a mim, e girando, girando sempre, tornar-me tormenta, furacão, vendaval, terremoto, cataclismo. Ou me dissolveria em poeira à primeira brisa que soprasse — quem sabe?

Fico pensando se viver não será sinônimo de perguntar. A gente se debate, busca, segura o fato com duas mãos sedentas e pensa: "Achei! Achei!" — mas ele escorrega, se espatifa em mil pedaços, como um vaso de barro coberto apenas por uma leve camada de louça. A gente fica só, outra vez, e tem que começar do nada, correndo loucamente em busca dos outros vasos que vê. Cada um que surge parece o último. Mas todos são de barro, quebram-se antes que possamos reformular as perguntas. E começamos de novo, mais uma vez, dia após dia, ano após ano.

Um dia a gente chega na frente do espelho e descobre: "Envelheci". Então a busca termina. As perguntas calam no fundo da garganta, e vem a morte. Que talvez seja a grande resposta. A única.

Parei um pouco de escrever, reli as páginas anteriores até a frase acima. Às vezes, relendo coisas que eu mesmo escrevo, tenho a impressão de que nasceram de um outro Maurício. Um Maurício muito velho, desiludido, amargo. Levanto, vou até o espelho, investigo meu rosto. Ele não tem rugas, nem sulcos, nem mesmo a sombra de uma tristeza ou dor muito fundas. É um rosto de animal jovem, um rosto de dezenove anos, que ainda não viu nada, não sentiu nada e, principalmente, que não sabe nada. Mas por trás dele, sinto o outro. O outro que um dia virá à tona, talvez sem sequer anunciar a própria chegada. Nesse dia, levantarei bem cedo e, olhando meus traços refletidos nesse mesmo vidro, descobrirei uma luz nova no fundo dos olhos amassados pelo sono. Haverá como uma aura brilhante em torno dos cabelos despenteados, na face que de alguma forma não será mais a minha, e será definitivamente a minha. "Chegou", pensarei. E tudo será diferente. Ou não?

Mas enquanto ele não chega, vou pingar um ponto final, fechar o caderno, a porta do quarto, chamar o elevador, descer e ficar caminhando horas pelas ruas, ou então me enfiar dentro de um cinema, sem sequer olhar os cartazes ou o nome do filme. Quero ver outras pessoas, outros corpos, outras caras, mesmo que sejam inexpressivos, desconhecidos. Eu também serei inexpressivo e desconhecido para elas, e nesse desconhecimento e nessa inexpressividade mergulharemos todos juntos num filme qualquer, de mãos dadas no escuro, como um bando de meninos dançando a cirandinha.

A descoberta

As quatro pétalas agrupavam-se desordenadamente em torno do núcleo escuro. Maurício abaixou-se para examinar a flor mais de perto. Vista assim, parecia ainda mais humilde, mais flor. Eram apenas quatro as pétalas, pobres, feias, nem sequer cor definida possuíam — apenas aquele branco duvidoso, que o fazia lembrar dos lençóis pendurados nos varais da casa vizinha, na cidade. Pequenas nervuras entremeavam a vaga coloração das pétalas, mas até elas eram tímidas, como se tivessem medo de marcar um pouco mais fundo. O caule era longo, mas fino e frágil, dobrado a todo instante pela brisa vagabunda, tão fraca que não restava à flor sequer o consolo de pensar que era vento. Ela deitava-se quase até o chão — aquele chão áspero que a acolhia como um pai severo a uma filha que pecou justamente por ser fraca demais —, via-se que a qualquer momento poderia quebrar-se e morrer. Era uma flor solitária. E, ainda por cima, anônima. Não havia em volta nem mesmo uma prima longínqua, e seu desajeitamento era tanto que seria impossível batizá-la.

Maurício levantou-se. Tornou a vê-la de cima. Assim, nem flor era. Não era nada. Ele nem sabia como conseguira descobri-la, com toda a sua insignificância. Não havia nenhuma vegetação a escondê-la, não havia nada — mas era tão ínfima que mesmo o nada já a escondia. Ele olhou o campo sem fim, onde ela era única, e subitamente sentiu respeito pela coragem da flor. Pela audácia de ser pequena e fraca em meio a coisas rudes, maiores do que ela.

Tornou a debruçar-se ao lado dela. A ventania miúda fazia-a dançar, em pânico. Ele mexeu a cabeça, o vento era tão ralo que nem conseguia desmanchar seus cabelos. Virou o corpo, colou as costas contra o chão, sentindo a aspereza e a quentura da terra atravessarem a camisa. Nuvens zoológicas passeavam pelo céu: camelos, elefantes, cobras. Cobras... o talo da flor era uma serpente pequenina, com a cabeça recém-desabrochada. As coxas nuas escapuliam pelas pernas dos calções, acariciadas pelas folhinhas de capim. Maurício mexeu lentamente o corpo contra a pele da terra. Era bom aquele roçar de peles, mesmo sendo a outra completamente diferente da dele. E com a sua própria, como seria? Passou as mãos pelas pernas, devagar. A penugem arrepiava-se numa sensação estranha, que não era frio, não era calor, mas uma vontade assim de. Exato: uma vontade de. De o quê? perguntou-se. Riu baixinho, sem saber a resposta. Estou ficando louco, decidiu. E quis fingir, por um instante fingir, mas o sol quente de hora de sesta prendia-o contra a terra.

Assim de costas, quase não podia ver o campo. Seu olhar captava apenas uma tênue linha verde oscilante, que de vez em quando parecia mesmo um campo, mas depois fraquejava, nada mais que uma sugestão. Maurício via o céu. O céu que em certos pontos era quase tão verde quanto o campo, mas em outros lugares assumia as colorações mais diversas. Havia até aquela brancura enxovalhada, igual à das pétalas da flor. E as nuvens disformes, preguiçosas. Incógnitas.

74

O pensamento deslizava pelas coisas sem conseguir deter-
-se. Moleza nos membros, fechava os olhos e era como se estivesse no meio de lençóis, lençóis verdes, com cheiro de campo. Depois abria-os, e não havia nada. Nem mesmo um pensamento. O sol não fazia suar — se fizesse, ele poderia pensar: "Agora chego em casa e vou tomar um banho". Não havia suor, não haveria banho. Ainda assim, podia tomar um e, desde agora, deslumbrar-se com as descobertas que seriam feitas. O corpo se expandia em todas as direções, flutuando na água que chegava às bordas da banheira e às vezes caía sobre o chão de ladrilhos, formando pequenas poças nas quais ele via o próprio crescimento. Depois, o abandono ao calor que subia, e subindo trazia consigo um perfume de carne, de muitas descobertas a serem feitas, perfume de coisas que só eram sugeridas e cresciam subterraneamente, sem causar propriamente dor, mas uma espécie de ânsia, que crescia junto com o calor e subia também, subia até as têmporas, onde colocava estremecimentos de sangue pulsante. O sabonete limpava os cheiros externos — de campo, de vento, de flor — e deixava-o a sós com o próprio cheiro. Fechava as narinas para não senti-lo, mas era inútil, porque estava também dentro dele. Subitamente, então, cansava de lutar — e cedia.

O mistério de repente abandonava-o. Restava só um menino nu, numa banheira laqueada, sobre um chão de tijolos. Enrijecia-se, o mistério voltava a atormentá-lo. "Decifra-me, decifra-me." Cedia. O mistério recuava. Períodos de entrega e recusa sucediam-se, sem que afundasse naquilo — o que era? —, até que alguém batia na porta para reclamar: "Como é que é, alguém morreu aí dentro?".

Voz decifrada. Gestos decifrados. Corpos decifrados. Era o que tinham aqueles que eram maiores do que ele. E com isso, englobava todos: o pai, a mãe, as tias, Laurinda e Zeca.

75

A brisa inclinou a flor, ele sentiu uma carícia leve no rosto. Moveu a mão, mas deteve-a no meio do gesto. Vontade de falar com alguém. Sentou sobre os joelhos. Observou a casa, meio escondida por trás da paineira. A mãe, o pai, a tia — todos estavam sesteando. Nos galpões também, os homens estariam imersos naquela espécie de breve hibernação. Mesmo que estivessem acordados, Maurício não os procuraria. Sentia uma espécie de medo das caras tostadas, as bocas circunflexadas por bigodes escuros a sugar a água verde e quente do chimarrão. E além dos vultos imprecisos dos piás esquivos e barrigudos, restavam apenas Laurinda e Zeca.

— Laurinda! — chamou, levantando-se. Deu alguns passos, depois voltou e apanhou a flor. Tornou a chamar: — Laurinda!

Começou a caminhar em direção à mancha esbranquiçada do casarão. Enquanto caminhava, descobriu que aquela cor era quase a mesma das pétalas. E do céu. As coisas brancas são sempre meio enxovalhadas, pensou, sentindo-se confusamente feliz. Parou, repetiu a frase ao inverso: as coisas enxovalhadas são sempre meio brancas. Pode ser, concordou. E continuou andando. A casa crescia à medida que se aproximava. Ficava mais nítido o verde das janelas, definiam-se as roseiras em torno delas. De longe, as rosas pareciam palpitar com sua fartura, sua turgidez, sua beleza quase obscena. Então explodiu a raiva que havia muito sentia avolumar-se contra elas. O ódio embaralhou seus passos, fazendo-o tropeçar num monte de pedras. Mesmo pulando com um pé só, de dor, enfrentou-as:

"Suas vaidosas", sussurrou, quase cuspindo, "suas nojentas, fiquem sabendo que tenho aqui no bolso uma flor que vale mais que qualquer uma de vocês, sabem? Que vale mais do que todas juntas, até." Lembrou sem querer das quatro pétalas, do miolo escuro, granuloso, do talo dançante — e um riso entrecortou a frase. Ainda bem que ela está no bolso, pensou, não pode saber do que estou rindo. Mas conteve o riso. Aquela espécie de solidariedade que une os imperfeitos unia-o à flor. Porque ele se achava feio. Como as pétalas, seu corpo expandia-se sem métrica nem geometria em torno de uma cabeça escura.

Fez um gesto para espatifar as rosas, mas deteve-se. Desviou-se delas, dirigiu-se à cozinha. Um cheiro de comida já fria elevava-se das panelas abertas sobre o fogão. Foi só o que ele sentiu, no início. O cheiro. A escuridão meio úmida da cozinha cegava seus olhos desacostumados à sombra. Estendeu o braço, tocou numa coisa mole, molhada. Retraiu-se, até perceber que não passava de um pano de prato. A escuridão foi-se diluindo e, num canto, ele viu a fumaça do pito de siá Zefa subindo no ar.

— Siá Zefa, a Laurinda está?

A velha colocou a mão em concha no ouvido:

— Como?

— A Laurinda está?

Ela pensou durante algum tempo, era tão velha e tão enrugada que ele pensou que parecia ter dormido embrulhada na própria pele, amarrotando-a toda.

— Não. A Laurinda não está.

— Onde é que ela foi?

Mão no ouvido, pescoço esticado, pito na mão:

— Como?

— A Laurinda, onde está?

Siá Zefa desligou-se novamente. Uma mosca esvoaçou em torno de sua cabeça. Ela afastou com a mão. Depois, como se ao fim de um longo raciocínio tivesse conseguido chegar a algum conhecimento raro, disse:

— Ah.

Maurício impacientou-se. Berrou no ouvido da velha:

— ONDE É QUE A LAURINDA FOI?

A mulher estremeceu:

— No açude. Lavando roupa.

Falava aos arrancos. A conversa parecia fragmentada pelo tempo, às vezes misturava passado, presente e futuro em frases que eram, ao mesmo tempo, rememoração, constatação e previsão.

Maurício foi andando em direção à porta. Deteve-se no meio do caminho. Voltou-se e disse:

— Vai tomar no cu.

— Como?

— VAI TOMAR NO CU!

A velha tornou a enfurnar-se em si mesma. Depois segurou o cachimbo e suspirou, quase sorrindo:

— Ah.

Maurício saiu correndo em direção ao açude. Nem sequer olhou para as roseiras, que pareciam tentar barrar-lhe o caminho. Os pés descalços venciam a grama, aos pulos; o sol furava o pano da camisa, esquentando a pele mesmo através dela. Chegou ofegante, largou o corpo sobre a terra, num silêncio tão fundo que ele não tinha coragem de gritar. Ficou durante muito tempo com os olhos fechados, ouvindo somente o próprio ofegar. Depois a respiração foi serenando, e começou a escutar também o barulho das águas e das folhas que de vez em quando escorregavam das árvores. Foi abrindo os olhos devagar, a vegetação mais densa ali, mais verde. Ele não conseguia ver a água, mas era como se visse. Ouvia o zumbido das libélulas como se elas tivessem gravado nas asas o barulho das águas, pequeninos açudes voadores. Abriu a boca para chamar Laurinda, mas não chegou a gritar, um pudor muito grande de quebrar o silêncio. Esquisito é que não ouvia nem o canto de Laurinda nem as batidas ritmadas da roupa contra a tábua de lavar. "Será que a siá Zefa mentiu?", perguntou-se. Mas sabia que não.

De repente, por motivo nenhum, um versinho subiu-lhe na memória:

Se este livro for perdido
e por acaso for achado,
é de um pobre estudante
que o perdeu por relaxado.

Relaxado ou *relachado?* Ah, os grandes dilemas gramaticais, a voz antipática do professor de português voltou na cabeça. E por que exatamente aquele verso, exatamente àquela hora, naquele lugar? Não sabia. Sabia que o escrevia na primeira página de todos os seus livros. Podia musicá-lo. Imitou um gemido de sanfona. Não dá, assim não, pensou, é muito varzeano. Mas o verso também é varzeano, reclamou uma outra vez. Ele encolheu os ombros, como quem quer evitar uma discussão inútil. E pela segunda vez chegou a abrir a boca para chamar Laurinda. Pela segunda vez fechou-a, sem produzir nenhum som.

Pensou em dar-lhe um baita susto, Laurinda era uma grande medrosa. Imagina, tamanha guria, quase uma mulher, já com aqueles peitões e aquele caminhar rebolante que os peões acompanhavam, o olhar e a voz dizendo coisas que ele não entendia. Afastou com as mãos as macegas que tapavam sua vista.

E então viu.

Estavam os dois nus. O sol batia no lombo suado de Zeca, fazendo-o rebrilhar como se fosse metal. De Laurinda, Maurício via apenas as coxas abertas escapando debaixo do corpo do capataz, em movimentos ritmados, trêmulos. Ritmados e trêmulos eram também os movimentos da bunda dele, subindo e descendo, o movimento espalhando-se devagar pelas pernas, pelas costas, até a cabeça afundada naqueles peitos enormes. Podia ver também as mãos da chinoca, a pele mulata destacada contra as costas fulvas e fortes de Zeca. Os cabelos despenteados dele eram como ver um campo de trigo em dia de vento norte. E a bunda dourada, uma imensa moeda rebrilhando ao sol de hora de sesta.

Estavam nus, Maurício tornou a ver, mas o que tornava aquela nudez mais completa era o relógio de pulso que o capataz não tirara. De vez em quando alguns reflexos de sol batiam nos olhos do menino, e naquele clarão cego ele sentia-se como se estivesse participando do ato dos outros dois. As mãos de Laurinda agora pareciam aranhas, aranhas furiosas perdidas na vastidão da planície fulva. Maurício viu uma delas eriçar o ferrão e penetrar fundo na carne do homem. Fechou os olhos quando o pequeno fio de sangue escorreu do ferimento. "Agora", Laurinda gritou, "vem junto, meu macho." Quando Maurício tornou a abrir os olhos, os movimentos tinham se intensificado. Parecia uma luta, uma luta mortal. Rolavam um sobre o outro, a terra úmida da beira do açude manchava a nudez dos corpos, e Maurício viu o barro colado aos pelos negros de Laurinda, aos pelos ruivos de Zeca, ali onde os pelos dos dois se encontravam. Eles gemiam igual porcos na hora do facão entrando na goela.

De repente veio o medo — e se Zeca estivesse matando Laurinda? Matando de um jeito que ele nunca tinha visto antes, mas matando, matando. E só ele, Maurício, só ele assistindo. Então Zeca gritou rouco, mais alto, e tremeu, e saiu de dentro dela. Agora estavam separados, um ao lado do outro, de mãos dadas, as barrigas viradas para o sol. Ela sorria. Do meio dos pelos negros escorria um visgo branquicento. Zeca passava a mão pelos cabelos suados do peito, os olhos fechados, um gemido escapando pelas frestas dos lábios. O pé estendido de Laurinda brincava com a trouxa de roupa suja entreaberta, e Maurício pôde distinguir os floreados de uma camisa sua no meio dela. Sentiu uma espécie de nojo, que não era nojo, mas uma palpitação na garganta e mais embaixo, na barriga. Ao mesmo tempo, uma vontade louca de correr ao encontro deles, de encostar a cara quente nos pelos suados do peito do homem, de passar devagar as mãos pelas coxas cor de terra de Laurinda. E lamber, e gemer, e rolar na terra molhada da beira do açude, aprisionado no meio dos dois. Levou a mão ao sexo. Estava duro, latejava. Levantou-se de um pulo, saiu correndo. Era isso, então, era isso então, era isso então, era isso era então isso era — pensava, gemia, gritava, correndo, correndo quase tão veloz quanto o pensamento que abria portas e descerrava janelas há muito tempo adivinhadas na escuridão de palavras sussurradas, quase incompreensíveis.

"A flor, a flor!", pensou em pânico, estacando. Levou os dedos trêmulos aos bolsos, remexendo em vão todos os lugares onde ela poderia estar, com sua brancura enxovalhada. Então era isso, repetiu, e continuava sem saber se relaxado, enxovalhado, seriam com x ou ch. Os corpos nus reluziam na beira da sanga, manchados de suor, de terra e daquele visgo branquicento saído de dentro do homem para dentro da mulher. No sol da hora da sesta. Ele tinha ódio das rosas. E a flor havia desaparecido.

As coisas enxovalhadas são sempre meio brancas, ele poderia gritar para a noite. Todos então ficariam sabendo que ele sabia, mesmo que não soubesse realmente. Mas não gritou. Não gritou porque a noite era clara, porque a luz dançava na copa da paineira, porque não tinha importância nenhuma que os outros soubessem ou não que ele sabia.

Debruçou-se na janela, encostou o rosto no pano fino do pijama. Lá longe, no meio do campo, vultos brancos oscilavam. Boitatá, pensou. Depois sorriu com descrença. Boitatá era mentira de Luciana, mentira da mãe, do pai, de todo mundo. Havia muitas mentiras, precisaria ir crescendo aos poucos para desvendá-las todas. Só não entendia por que mentiam. Não era mais criança, viviam dizendo isso, e no entanto continuavam a mentir. Por que não contavam tudo claramente? Não, pensou, teria que fazer sozinho as suas próprias descobertas. Sozinho. A palavra o assustava e, sem querer, imaginava um homem de capote negro por uma imensa estrada vazia e também negra. Sozinho.

Como um espelho, a paineira em flor parecia refletir os raios da lua. E debaixo da janela estavam as rosas. Não sentia mais ódio delas agora. Cada uma era como era, pensou, e as rosas tinham a sorte de serem bonitas. Assim como ele tinha o azar de ser feio. Mas não tinha vontade de pensar nessas coisas. Nem em outras.

Roçou o rosto contra o pijama. Um silêncio tão grande na estância. Suspendeu a própria respiração, ficou ouvindo. Nem o tique-taque incessante do relógio na casa da cidade havia ali. Lá, pensava, o relógio parecia o coração da casa; aqui, a casa não tinha coração. Só havia ruídos que vinham de fora, as vacas, os galos — dentro, não havia nenhum. Como se todos estivessem mortos. E se estivessem? Se acordasse de manhã e encontrasse apenas cadáveres nos quartos? E se? Ficou com preguiça de imaginar o resto, então estendeu a mão para uma das rosas. Não a alcançou, porque era assim então que eles faziam à noite um sobre o outro, rolando sem descanso como se estivessem se matando, suados, e depois de mãos dadas, a rosa negra e úmida do líquido branquicento saído de dentro dos homens — era assim, tinha sido sempre assim. Escondidos, em segredo, todos.

Levou a mão até os cabelos, ficou enrolando alguns fios. Era, sim, assim. E, de repente, ele perguntara: "Mas Luciana, por que é que tu estás chorando?". E ela não respondera. Até hoje, não respondera. Mexeu devagar o corpo, era desagradável a sensação de uma perna dormente. Parecia que tinha se desligado do resto do corpo, podiam até cortá-la que ele nem sentiria. Depois ficaria perneta, que nem o Juca Perneta. Os piás da rua corriam atrás dele, gritando: "Juca Perneta! Ju-ca Per-ne-ta!". O homem sorria um sorriso sem dentes e gritava furioso: "Juca é perneta, mas gosta de buceta!". Só depois de dizer isso a piazada o deixava em paz. Ele seria então Maurício Perneta, Mau-rí-cio Per-ne-ta! Para que o deixassem em paz, teria que parar e gritar furioso: "Maurício é perneta, mas gosta de buceta!". Gostava? A rosa úmida, preta, palpitante, parecia ter vida própria. Assustava, como se fosse se abrir e morder. Dava medo. Nojo. Frio.

Uma tábua estalou no teto, ele voltou-se rápido. Deu com a porta alta, as três camas enfileiradas além da dele. Edu às vezes dormia numa delas, quando vinha. Mas agora não havia Edu, não havia ninguém além dele, os contornos se esbatiam na treva, informes. Lá fora a lua cheia, a noite cheia, a paineira cheia. E a cabeça dele, cheia também. Ou vazia? Cheia demais ou vazia demais? Aquele calor no corpo, ainda nem era verão, uma moeda de ouro jogada para o ar fulva redonda frenética cara ou coroa? nem cara nem coroa só os movimentos sobe-e-desce-sobe-e-desce-sobe entrando-saindo à luz da lua como seria? ainda mais fulva redonda frenética. Assoou o nariz na manga do pijama. Um latejamento na cabeça. Um esquecimento na perna. Aquela coisa quente. Vontade de chamar pela mãe. Por Edu. Por Luciana, por que tu não me disseste por que estavas chorando, sua china sem-vergonha? A do Negrinho do Pastoreio ou Pastorejo? relaxado ou relachado, meu Deus? qualquer coisa, qualquer coisa desde que tu fales Luciana, por que não me contaram a verdade?

Devia voltar para a cama. Mas os lençóis estavam quentes, ele também estava quente. Quentura com quentura vai dar incêndio. Quem dissera isso? Guardara apenas uma risada indecente sublinhando a frase, e só. E só, só a quentura do corpo de Laurinda grudada no corpo de Zeca sob a quentura do sol. Podiam ter dito "olha, te prepara". Só isso. Porque há coisas que tu não sabes, coisas quentes. Mas não mas não mas não. Fora preciso o sol rebrilhando no relógio, a bunda como uma moeda de prata, o peito suado cabeludo, a rosa negra aberta.

Antes que tivesse tempo de debruçar-se na janela, o líquido amargo escorreu pela boca. Escorreu pelo pescoço, empapando o casaco do pijama, as pernas nuas. Nuas as carnes. Ambas. O estômago pulou como uma moeda jogada no ar. Cara ou coroa? Estatelou-se no chão antes de qualquer resposta, o líquido tornou a subir e a entornar, azedo. Partiu-se em mil, mil não, mil e um, mil e dois, mil e três — isso, mil e três pedaços amarelos, mil e três bundas fulvas rebrilhando ao sol e à lua misturados, suando sobre a terra.

Deu-se conta de que gritara quando a luz invadiu o quarto e os braços frescos da mãe envolveram-lhe o pescoço. Quis contar, então, contar tudo, mas ela só fazia apertá-lo levemente, e passar a mão por sua testa. De leve, de leve. Tão leve que ele começou a cair num poço escuro e fundo, cada vez mais escuro e tão fundo e sem fim. "Mamãe, eu não vou voltar nunca mais!", quis gritar. Mas ela apenas sacudia a cabeça, com um ar tão resignado que era como se já soubesse de tudo, de tudo que ele sabia que ela sempre soubera, antes mesmo de ele contar, antes mesmo de ela própria saber que ele já sabia. Qualquer coisa, naquilo tudo, vinha antes. Ele não compreendia o que pensava, então quis gritar de novo: "Mamãe, eu não vou voltar nunca mais!".

E não voltou nunca mais.

Diário IV

18 de maio

Não sei como me defender dessa ternura que cresce escondido e, de repente, salta para fora de mim, querendo atingir todo mundo. Tão inesperada quanto a vontade de ferir, e com o mesmo ímpeto, a mesma densidade. Mas é mais frustrante. Sempre encontro a quem magoar com uma palavra ou um gesto. Mas nunca alguém que eu possa acariciar os cabelos, apertar a mão ou deitar a cabeça no ombro. Sempre o mesmo círculo vicioso: da solidão nasce a ternura, da ternura frustrada a agressão, e da agressividade torna a surgir a solidão. Todos os dias o ciclo se repete, às vezes com mais rapidez, outras mais lentamente. E eu me pergunto se viver não será essa espécie de ciranda de sentimentos que se sucedem e se sucedem e deixam sempre sede no fim.

A viagem

As três figuras foram ficando menores enquanto o trem se afastava. A da esquerda, com a mão ainda erguida num último aceno, seria tio Pedro ou tia Mariazinha? A do centro, sim, Maurício sabia ser tia Violeta, com o vermelho do vestido recortado na estação. Debruçou-se mais para fora, mesmo assim não conseguia ver melhor. A plataforma oscilava, os solavancos do vagão faziam as três imagens saltarem como bolas de pingue-pongue. Ergueu a mão, abanando. Mas sabia que ninguém conseguiria vê-lo. As árvores interpunham seus galhos entre ele e o Passo da Guanxuma, cada vez mais parecida com um presépio esquecido entre dois montes. Os galhos curvavam-se para o trem, tentando acariciar seu rosto. As pontas secas, retorcidas como garras. Agora o trem virava uma curva, as três figuras ficaram definitivamente apagadas.

Maurício encostou a cabeça na janela aberta. Viagens eram sempre uma das coisas que os outros faziam, nunca ele. Alguns meninos do colégio iam até longe nas férias, depois voltavam trazendo palavras diferentes, roupas coloridas, às vezes outras paisagens em fotografias. Havia um vizinho que de vez em quando se ausentava por longo tempo. Era engraçado vê-lo sair, as malas em fila à espera de serem colocadas dentro do carro de praça, os pacotes espalhados pela calçada, a gordura do vizinho balançando nervosamente dentro das roupas novas. As crianças saíam para espiar o viajante, e até as mães e os pais apareciam meio sestrosos para desejarem "boas-viagens". Como se fossem muitas, muitas viagens. E de repente ele, Maurício, agora se tornara ator, não mais espectador. De repente a avó morta, dentro de um caixão cheio de dourados, mais bonito que o de Luciana. De repente o pai dizendo à mãe: "Não tem mais nada que prenda a gente aqui neste fim de mundo. A gente precisa pensar é no futuro do guri". De repente uma fila de malas na calçada, os vizinhos dizendo coisas, e tia Violeta com o nariz tão vermelho quanto o vestido.

— Sai da janela, guri. Olha que passa uma ponte e tu perdes a cabeça.

A mãe puxava-o pela manga do casaco. Ele obedeceu. Deslizou o corpo pela madeira até o banco duro, coberto por oleado verde. Exatinho da cor de um remédio contra a tosse. Olhou para a mãe, que fazia tricô. Parecia mais magra, mais baixa e mais triste sob o luto fechado. Teve vontade de dizer que gostava dela, mas essas coisas não se diziam.

— Papai, onde está? — perguntou.

A mãe suspirou:

— Já achou um conhecido. Deve andar no carro-restaurante, tomando cerveja.

Carro-restaurante: como uma joia, a expressão cintilou.

— Carro-restaurante? Quer dizer, um restaurante inteiro dentro do trem? Com mesa, com garçom e tudo? Capaz!

— É — a voz da mãe era tão fraca que parecia também vestida de preto. — O que que tem?

— Puxa, é bacana. Nunca pensei que tivesse um troço assim. De repente ela sorriu e puxou-o para perto. Ele quis resistir. Nesses momentos, sem querer lembrava de Zeca e Laurinda. Queria dizer: "Eu já sei, eu já sei de tudo", mas tinha a impressão de que, se dissesse, a mãe nunca mais o abraçaria. Ao mesmo tempo, queria e não queria ser abraçado. Pensou tudo isso tão lentamente que acabou cedendo. Afundou de leve a cabeça nas roupas pretas, aspirando com prazer aquele perfume de coisa guardada há muito tempo. Aquele perfume, sabia, estava preso dentro das bolinhas brancas que a avó costuma distribuir por toda a casa. Pensou nela, o coque branco, o álbum de fotografias entre os dedos murchos, o sorriso pregado nas rugas, e aquelas bolinhas brancas que, de tanto lidar com elas, acabaram por fazer parte de seu corpo, impregnando-o com o perfume-de-coisa-há-muito-tempo-guardada. O corpo da avó tinha aquele cheiro. E a avó estava morta. E ele já sabia de tudo. "Mamãe, eu já sei, eu já sei. Não adianta a senhora me abraçar assim, porque eu já sei."

Bruscamente endireitou o corpo, levantou a cabeça. A mãe pareceu não se surpreender. Tornou a inclinar a cabeça, os dedos voltaram ao vaivém das agulhas. Era aquilo, justamente aquilo o que ele detestava nela: o não surpreender-se. Nunca, com nada. Levantou-se, jogou meio corpo para fora da janela.

A voz de preto veio de dentro do vagão:

— Cuidado que uma ponte te arranca a cabeça.

— Não tem ponte por aqui — disse com raiva. — Se não tem nem rio, como é que vai ter ponte?

Agora ele não sabia mais se o cheiro que sentia era de naftalina ou do campo. Talvez nem fosse de nenhum dos dois, talvez fosse do céu azul enorme, daquela linha longínqua que separava o campo do céu. Ou talvez um cheiro vindo de muito longe, trazido pelo vento. Cheiro das terras que ele ainda não conhecia, dos lugares onde nunca estivera. Terras onde havia mar, aquela massa verde que ele conhecia imobilizada em fotografias de revistas, mas que sabia móvel e brilhante. Terras onde havia montanhas com neve salpicada, feito talco, montanhas limpas que recém tivessem tomado banho. Talvez o cheiro viesse das terras para onde o trem os estava levando. Mas lá não havia mar, nem montanhas, nem campos, sequer terrenos baldios onde pudesse cortar os pés em cacos de vidro. O que havia lá eram casas amontoadas, encimadas, iguais às caixas de sapato cheias de janelinhas recortadas com tesoura. O que havia era muita gente se batendo pelas ruas, e carros, e aparelhos poderosos que comandavam tudo com um só piscar de seus olhos amarelos, vermelhos e verdes. Barulho, havia lá, cheiro de gasolina e fumaça. Não aquele cheiro verde do campo, verde quase branco de tão claro, verde-desmaiado, verde-malva. Cheiro que o obrigava a fechar os olhos, com vontade de rir da cócega que os cabelos despenteados faziam em seu rosto. Dentro de si, o que encontrava era também uma região vaga, impalpável, de cheiros verdes quase brancos. Formas esquivas, linhas que se perdiam contra céus de veiazinhas avermelhadas para se transformarem em outras coisas.

Abriu os olhos, ficou vendo as coisas que iam passando. Não era difícil imaginar que o trem estava parado, e as paisagens é que se moviam rapidamente, como nos filmes que via aos domingos no cinema do seu Pico. "Filme besta", pensou, "sem história, sem música. Só campo, campo e mais campo." De vez em quando algum rancho cortava a monotonia, mas logo se perdia, esmagado pelo verde plano do pampa. O gado que pastava além da cerca fazia-o lembrar da fazenda. Seria diferente, agora. Só voltaria ali nas férias, e seria olhado com aquele misto de desprezo, inveja e respeito com que eram encarados os "guris da cidade grande". Ele se tornaria vagamente frágil, como um daqueles meninos que vinham passar as férias na casa do vizinho. Pareciam meninas, sempre calçados, de meias, às vezes até de gravata, unhas cortadas, limpas, cabelo lambido. Meninos que não matavam passarinho, nem jogavam bola, nem andavam com os joelhos e cotovelos escalavrados de esfoladuras. Talvez até precisasse usar óculos, como era o caso daquele menino ainda mais frágil que todos os outros. Sorriu. E apertou os olhos, para fingir que enxergava mal. "Mamãe, estou ceguinho, não enxergo nada, estou ceguinho, mamãe." Da janela ao lado jogaram uma casca de laranja que passou raspando em seu rosto. Pensou em dizer um palavrão, mas ainda teve tempo de ver a casca rebrilhando ao sol antes de estatelar-se no chão, e calou-se. A bunda de Zeca, também dourada, subia e descia sob o sol na hora da sesta.

Voltou para a mãe o rosto corado, a interrogação boiando nos olhos muito abertos. Mas calou-se. Tornou a sentar. Começou a examinar as pessoas que enchiam o vagão. Logo desinteressou-se. Homens sem rosto, mulheres quietas, crianças sem interrogações. Do espaldar do banco da frente subia o cabelo armado de uma mulher e a calva de um homem, por baixo da qual subia também a fumaça espessa de um cigarro de palha.

Torceu a boca com nojo, detestava aquele cheiro. Sem ver o homem, podia imaginá-lo: a unha do dedo mindinho maior e mais escura que as outras, presas nos dedos cabeludos, curtos e grossos. O bigode sombreando a boca de lábios arroxeados, ocultando uma infinidade de dentes de ouro. Desviou os olhos, outra vez, para a paisagem que deslizava pela janela.

Dava sono aquilo, aquelas coisas sempre iguais, escorregando devagarinho com um barulho de asa de mosca em dia calorento, misturado ao já-te-pego-já-te-largo da locomotiva. Luciana contava uma história assim; nas histórias dela os príncipes, reis e princesas andavam de trem e ônibus, não só a cavalo. "Quando a gente gosta mesmo de uma pessoa, a gente faz essas coisas. Faz até pior." O que seria *pior*? A voz dela era rouca, baixa, triste. Ela chorava devagarinho, beijava loucamente um retrato. Os galhos retorcidos de um cinamomo dissolveram bruscamente a imagem.

Pegou o livro esquecido a seu lado, no banco, a capa verde confundida com o oleado. Edu dera todos para ele, antes de ir embora outra vez. Abriu ao acaso, era como se pudesse ouvir a voz do primo novamente. Passou devagar os dedos pelo desenho de um homem enorme, com cabeça de boi e chifres, ao lado da cesta com bolinhos da Tia Nastácia. Era fácil imaginar como era Tia Nastácia, Dona Benta também. E os outros todos. Só não conseguia imaginar direito Emília, magrinha, espevitada, implicante. Pensou em si mesmo, quis achar-se parecido com Pedrinho. Impossível: Pedrinho era corajoso — des-te-mi-do, soletrou —, ele não. Uma vez tentara fundar um Sítio do Picapau Amarelo na fazenda, mas não deu muito certo. Ele era Pedrinho; o Visconde, um sabugo de milho; Emília, uma boneca velha de tia Violeta; vovó, Dona Benta. Com um pouco de imaginação, siá Zefa preenchia razoavelmente o papel de Tia Nastácia. Rabicós havia aos montes pelo pátio. Ficava faltando Narizinho. Maria Lúcia já tinha ido embora. Pensou em convidar Laurinda, mas havia Zeca. Não havia lugar para ele, e Narizinho não faria aquelas coisas. Ainda mais na beira da sanga, do Reino das Águas Claras, com o príncipe Escamado vendo tudo. O sítio morreu antes de nascer. Maurício fechou o livro, colocou-o de volta sobre o banco.

De repente percebeu que o homem do banco em frente levantara. E que restavam poucos homens pelos outros bancos, quase só velhos e meninos, além das mulheres.

— Mãe, cadê os homens, hein? Aqui só tem mulher.

A mãe levantou os olhos do tricô.

— Estão no carro-restaurante — informou.

Carro-restaurante — de novo a palavra mágica. Que fariam os homens lá? Beberiam cerveja, jogariam cartas, usariam aquele vocabulário com termos que ele não entendia — *governo, presidente, eleição, patifaria.* Havia também outras palavras, mais misteriosas, pronunciadas baixinho, sublinhadas por risadas esquisitas. E havia alguma relação entre essas outras palavras e aquilo que vira na fazenda entre Laurinda e Zeca, ele sabia. Só não sabia exatamente o quê, e por que riam daquilo, por que precisavam falar baixinho e disfarçar quando ele aparecia, dizendo coisas como "Cuidado, rapaz, olha o guri".

Guri. Tenho doze anos, disse em voz baixa. E voltou-se para ver sua imagem refletida no vidro da janela. O vidro estava levantado, via apenas o campo. Então examinou-se, baixando os olhos. As calças compridas que ganhara para a viagem talvez tivessem mudado alguma coisa. O chapéu novo também. Ergueu-se decidido. A mãe o deteve:

— Onde é que tu vais, Maurício?

— Dar uma voltinha.

— Mas onde?

Ele fingiu vergonha, olhou para os lados, apertou as pernas e disse baixinho:

— No banheiro. Tô apertado.

— Sabe onde fica?

— Claro.

— Cuidado, hein?

Desprendeu-se com sofreguidão das recomendações e caminhou em direção à porta. Engraçado caminhar no trem. O balanço jogava a gente de um lado para outro, as caras das pessoas sentadas se aproximavam e se afastavam, misturadas numa só, esfaceladas em várias cada uma. Era preciso agarrar-se com força ao encosto dos bancos para não ser jogado no chão. E dava um pouco de nojo tocar naquele oleado verde igual ao remédio pegajoso para tosse. Maurício tinha a impressão de que os bancos melavam sua pele.

Abriu a porta, saiu para a plataforma. Respirou com vontade o vento que abria caminho por suas narinas, inundando os pulmões de ares trazidos de terras distantes. Olhou para baixo. O chão disparava vertiginoso entre os trilhos negros. Dava certa tontura olhá-lo assim, de cima, passando, parecia que já ia cair. Segurou-se no ferro, passou para outro vagão. Os rostos que se esquivavam, subitamente se davam, próximos, para outra vez recuarem e se perderem. Alcançou a porta. Saiu para o outro vagão. Os carros se sucediam, quase sempre as mesmas caras. De olhos fechados, guiado apenas pelos cheiros, poderia fazer a mesma caminhada sem medo de errar. Era o cheiro-sem-cheiro e comprido dos carros, entrecortado pelo perfume de ervas que o vento trazia nas plataformas e, logo depois, o odor inconfundível dos banheiros, mijo seco e desodorante ordinário.

Então abriu outra porta e viu o grande balcão, com o vidro cheio de delícias desconhecidas, os banquinhos redondos, as mesas e, principalmente, os homens fumando cigarros de palha com suas unhas compridas no mindinho, seus dentes de ouro, seu vocabulário estranho, cochichos roucos. Por um momento, sentiu-se perdido em meio àqueles cheiros e formas diferentes do carro-restaurante. Logo enxergou a figura do pai. Com certo alívio, caminhou para ele. Estacou a dois passos. Ouvira a voz dele e percebera que estava falando daquele jeito que usava com pessoas desconhecidas. O "erre" forçado no fim dos verbos, os pronomes colocados hesitantemente eram sinal de que havia muitos anos não encontrava o outro homem que estava com ele.

Alguém empurrou-o ao passar. Sem querer, viu-se à frente do pai. O homem de braços cabeludos que estava com o pai apontou para ele com um sorriso.

— É este o piá?

— Ele mesmo — disse o pai.

— Logo se vê. É a tua cara — exclamou o outro homem, puxando-o para perto de si. — E bem taludo, já.

Maurício não conseguiu esquivar-se. O homem levava a mão enorme ao meio de suas pernas, apalpava e perguntava em voz baixa, exatamente *naquele* tom de voz:

— E como é que é, a vara já está empenando?

Ele e o pai deram uma grande risada. Maurício encolheu-se, sem compreender. Pela camisa aberta do homem podia ver o peito, cabeludo como os braços. E continuava a falar com ele:

— Puta merda, se tu saiu pelo teu pai, meu guri, vai ser um chineiro de primeira ordem! Sabe que foi ele que me levou na primeira tasca que eu fui? — Voltou-se para o pai, que tinha uma ruga entre as sobrancelhas grossas: — Tu lembra da Neivinha? Barbaridade, ôi guriazita boa de cama, seu! Sabe que nunca mais encontrei uma como ela? Serviço completo, e olha que o meu é mais grosso que dedo destroncado. — Tornou a voltar-se para Maurício: — Como é que é, já deu a primeira esporreada?

Maurício olhou em volta, buscando nos olhos dos outros homens uma resposta, uma ajuda qualquer para compreender as coisas que o homem dizia. O pai pigarreava.

— E ainda não dormiu com nenhuma china? Pede pro teu pai te levar um dia desses. — Voltou-se para o pai: — Naquele tempo tu tinha a fama de ter a maior vara do quartel.

O pai baixou os olhos, sorrindo de um jeito vago. Maurício corou. O homem alisou-lhe o braço com a palma grossa da mão:

— Sabe, tenho uma guria bem da tua idade. Quem sabe se isso ainda não vai dar cama um dia, hein?

Cutucou o pai, e ambos ficaram a observá-lo de um jeito que o fazia sentir-se ainda mais atrapalhado.

— Teu guri é macanudo, mas tá meio flaquito. — A mão calosa descia pelas pernas. — E meio envaretado, também. Olha aí, não falou *água*.

— É a idade — disse o pai. — Ele é muito quieto mesmo.

— Que idade, que nada. Sabe que do tamanho dele eu já tinha barranqueado todas as éguas da invernada? Toma cuidado, hein, senão é capaz de virar maricão.

— Que nada, Barbosa, é que ele gosta de andar solito e de ler. Maurício olhou com raiva para o pai. Era como se ele o estivesse desnudando ali, na frente de todos os outros homens. Cavalo, rosnou baixinho. Cavalo cavalo cavalo. E não sabia se sentia raiva do pai ou do outro homem. Olhou para o pai, indeciso, e logo sentiu a raiva ir embora ao vê-lo lutando com os "erres" e os pronomes. Sentiu-se vingado do homem ao observar que tinha a pele avermelhada e uma verruga enorme no queixo, com um fio de cabelo. Se Emília estivesse aqui seria capaz de querer comprá-la, pensou. E riu. Os dois homens já haviam esquecido dele, metidos que estavam num daqueles diálogos tão excitantes quanto incompreensíveis.

Foi recuando aos poucos. Quando deu por si já tinha saído do vagão e enfrentava o vazio da plataforma. Já-te-pego-já-te-largo, gritava o trem, a terra corria vermelha entre os dois trilhos negros. Sentou no chão de ferro, enterrou o queixo nas mãos. Vara empenando. Chineiro. Tasca. Neivinha. Cama. Boa de cama. A mãe seria boa de cama? E tia Violeta? E tia Mariazinha? E a avó? Lembrou-se de súbito que a avó tinha morrido. Benzeu-se, rezou atropeladamente uma ave-maria. Seriam boas de cama, todas elas? Neivinha era. E Laurinda? Laurinda era boa de grama, descobriu de repente, julgando compreender. Juntou uma porção de saliva, cuspiu no ar, mas o vento devolveu-a, achatando-a contra o próprio rosto. Limpou-a devagar com a manga da camisa, e mudou de pensamento.

O lugar para onde estavam indo, como seria? Melhor ou pior? De repente lembrou-se de todas as pessoas que tinham ficado para trás, que estavam ficando cada vez mais para trás, a cada estalido que o trem dava, a cada árvore que nascia do vagão da frente para logo sumir por trás do vagão seguinte. Desejou ter todas aquelas pessoas a seu lado para juntos desvendarem os mistérios da cidade grande que se aproximava. Depois pensou que iria ver pessoas novas, outras caras, outras casas. Até a sua própria casa seria diferente. E os meninos do colégio. E o teto, a primeira coisa que via ao acordar, o chão onde colocaria os pés, toda manhã, o caminho percorrido para ir até o colégio. De bonde, bonde devia ser feito um trem pequeno. Tudo diferente. Um arrepio dançou pela espinha abaixo, ele não sabia se medo, frio ou simplesmente o cansaço de estar sentado naquele chão de ferro.

Levantou-se de repente, alguém abria a porta. Um dos homens com o uniforme da Viação Férrea apareceu no vão descoberto entre o carro e a plataforma.

— Cuidado, guri. Vai acabar caindo desta bosta.

A voz era estranhamente desligada. Maurício entrou no banheiro, fechou a porta. Era desagradável aquele apertume, aquele cheiro. Aquele espelho na parede, revelando todos os movimentos, quase como se os antecipasse, num duelo de velocidade entre a imagem refletida e o corpo vivo. Abaixou as calças até os joelhos, ficou examinando o próprio sexo. "Como é que é, a vara já está empenando?" Teve pena dele, perdido na palma da mão. Uma coisinha mole, insignificante. Apertou-o devagar, ele cresceu, enquanto deslizava a outra mão pela barriga, numa carícia lenta. Um arrepio nascia não sabia de onde, assim, e sem querer imaginava Zeca e Laurinda, sem querer, Laurinda e Zeca, um sobre o outro, a moeda fulva rebrilhando, a rosa úmida, a rosa negra, a vara empenando, vaivém, já-te-pego-já-te-largo, para dentro, para fora, para longe. Cerrou os dentes, quase entregue ao arrepio que crescia. "Como é que é, já deu a primeira esporreada?" O leite branco, visguento, saindo de dentro de Zeca.

Então o trem apitou, tudo se desfez. Tornou a erguer as calças, lavou as mãos com cuidado e saiu da cabine. A mãe continuava tricotando quando ele sentou a seu lado. "Mãe, me explica tudo, mãe", teve vontade de pedir. Não disse nada. O arrepio serenava aos poucos, as dúvidas caíam no fundo do pensamento como poeira cansada, dando lugar a uma espécie de tristeza.

— Mãe — chamou.

Ela levantou os olhos.

— Quê?

— Nada — ele disse. Pegou de novo o livro. Abriu-o na mesma página de antes, tornou a passar a ponta do dedo pelo corpo do monstro de guampas comendo bolinhos. Bolinhos de Tia Nastácia. "Que pena a gente não poder fazer um sítio", pensou vagamente. E começou a ler.

Diário V

19 *de maio*

*Ontem eu estava tão deprimido que consegui escrever ape-
nas meia página aqui. Mas acho que disse tudo que eu sentia,
tudo que me fazia triste. Escrever mais não teria sido um consolo, porque sei que o motivo deste diário é unicamente solidão
e, quando ela não mais existir, o diário também não mais existirá. Escrever, ontem, teria sido como se a solidão ficasse ainda
mais clara. Cada linha que eu vencesse, cada página branca
seria essa solidão gritada em todas as palavras escritas, fossem
elas quais fossem: "Tu estás só, tu estás só". Hoje não me sinto
menos só, apenas menos triste. Por isso tenho vontade de escrever. Escrever muito.*

*Sexo. Preciso escrever sobre isso. É verdade que hesito, a
própria palavra sugere coisas escondidas, vergonhosas, parece
que o diário vai se tornar ainda mais secreto. Sei que isso é uma
grande bobagem, e me envergonho, e luto. Mas ainda tenho na
memória tudo que ouvi na infância. Sexo era coisa suja, para*

se fazer somente à noite, de preferência pela madrugada, quando o silêncio é maior, e sempre debaixo das cobertas, no escuro.

Não tive nenhuma orientação, nenhuma educação nesse sentido. O que aprendi foi através da boca não muito limpa dos colegas de aula, dos livros de anatomia folheados na biblioteca. Mesmo quando vi Laurinda e Zeca, não consegui compreender exatamente o que era aquilo. Parecia engraçado e, ao mesmo tempo, terrivelmente excitante. Agora, depois de tanto tempo, lendo e pensando sobre isso, fui desmistificando um pouco o negócio. Mesmo assim, a palavra ainda me deixa de ouvidos em pé — uma coisa independente de minha vontade. Acho que são sobras da infância, da educação (ou falta de) que recebi. Mas continuo sem saber como lidar com isso.

Marlene diz que sexo é uma coisa natural, e deve ser feito como se troca um beijo, se aperta a mão de alguém ou se dá um abraço. Duas pessoas gozando uma com o corpo da outra. Cada uma toma emprestado da outra aquilo que lhe falta para a satisfação, e por um instante se completam. Eu gostaria de pensar assim. No mínimo, é uma boa maneira de não sofrer por causa disso. Mas não consigo, não sei se pela minha formação, ou se por estreiteza de pensamento. Acho animalesco demais que uma pessoa sirva apenas de receptáculo ao esperma de outra. Talvez eu esteja me libertando do "mito do vergonhoso" para passar ao "mito do sublime", pode ser. Mas acho que deveria haver outras coisas além do desejo nu e simples, o desejo apenas da carne de outra pessoa. Se não há nada afora isso, satisfeita a carne, vem o nojo.

Tive duas experiências. Desastrosas. A primeira, fiquei completamente indiferente. Longe. Decepcionado. Provavelmente porque havia cercado aquilo de um enorme mistério. Na aula, ficava olhando com ar maravilhado para os colegas que "já sabiam o que era". Eu os dividia em dois grupos — o dos que "já sabiam" e o dos que "ainda não sabiam". Claro, eu fazia par-

*te desses últimos. Queria sair do meio deles. Os outros pare-
ciam muito seguros em tudo que diziam ou faziam. Fumavam,
diziam coisas que eu não entendia bem, mas que admirava porque partiam deles, e na segunda-feira sempre chegavam ao colégio ainda mais inatingíveis, contando as experiências da "ca-
çada" do fim de semana. Fiz amizade com um deles e, a partir
de um sábado, passei a integrar a turma dos sabidos. Às vezes,
agora, penso que nem eles mesmos confessavam a si próprios a
decepção que sentiam. A mulher era limpa, mas meio velha,
mostrava a falha de um dente quando sorria e tinha um cachorrinho de pelúcia cor-de-rosa em cima da cama. Na hora de deitar, ela atirou num canto o cachorrinho, e foi isso que fiquei
olhando. O jeito dele, atirado, as pernas viradas para o ar, orelhas caídas. Eu tentei fechar os olhos e imaginar Anna Karina,
mas não consegui. Foi uma coisa seca, ardida.*

*Na segunda vez, tive nojo. Quando abri os olhos, era um
quartinho sórdido, um cheiro estranho, de esperma antigo, flutuando no ar, uma mulher que eu não conhecia falando com
voz rouca e pedindo um cigarro que eu não tinha. Vomitei, depois. E ainda não houve uma terceira vez.*

*E quando houver — eu queria tanto conhecer alguém.
Talvez o tempo traga uma pessoa, uma pessoa especial. Talvez
eu resolva isso aos poucos, sem sentir, depois de resolver a mim
mesmo. Talvez eu esteja demasiado perto da adolescência ainda — dentro dela, até — e seja difícil, por enquanto, me libertar de todas as idiotices que ouvi. Me masturbo, às vezes, mas
sempre sinto culpa depois. E imagino certas coisas que não me
atrevo a escrever aqui.*

*Faz frio hoje. O inverno está chegando. Estranho, o inver-
no sempre me deixa um pouco mais profundo. Me volto para
dentro de mim mesmo, tenho a impressão exata de que me pa-
reço com um dos plátanos da praça aí de baixo: hirto, seco,
mas guardando alguma coisa por dentro. Quem sabe se essa*

tristeza que tenho, tão parecida com esse frio envergonhado de não ser frio — quem sabe se não é apenas o derrubar das folhas? Os plátanos também as perdem, uma por uma, e o chão em volta fica todo dourado, até ficarem completamente nus. Depois, em setembro, as folhas começam a voltar. Mais novas, mais verdes. Gosto de plátanos, gosto de folhas. Gosto de tudo o que ameaça morrer e de repente se levanta, mais vivo ainda, surpreendendo a todos.

Papai está na fazenda. Não é difícil imaginá-lo lá, é seu ambiente natural. Ele só fica ele mesmo quando está no meio do campo, ou dentro daquele casarão branco enorme. Gosta das salas quase vazias de móveis, das camas rústicas, da luz dos lampiões — daquele silêncio quase angustiante que o anoitecer traz, quando os bois começam a mugir e a voltar para perto da casa. Aqui ele se sente como se sentiria uma bota velha e gasta numa vitrine, ao lado de sapatos finos. Para estar em paz precisa ter ao redor dele as coisas também um pouco velhas, um pouco gastas e usadas da fazenda. A fazenda é um sapateiro que periodicamente conserta a bota. E ela torna a voltar à vitrine, mais uma vez tenta adaptar-se, mas precisa sempre voltar ao sapateiro. Talvez esteja velha demais, inconsertável. Jamais fará parte da vitrine.

De repente senti vontade de fumar. Já fumei durante algum tempo, depois deixei. O que eu mais gostava não era do cigarro, era do gesto. Eu me sentia mais seguro, mais adulto, quando fumava. Não sei bem por que deixei. Agora o que me falta é novamente o gesto. Um gesto qualquer para encher este momento. Um gesto ou uma palavra. Posso cantar, mas não vai adiantar nada. A voz é minha e me irrita, as palavras são de canções que já conheço, e me aborrecem. E gesto — só o de abrir um livro e ler, ou o de fechar este caderno.

Falta, falta alguma coisa que não sei o que é.

O sonho

Seriam olhos de gato aquelas duas luzes recortadas na escuridão? Fixou melhor a vista, e descobriu: eram Zeca e Laurinda, fulvos, de mãos dadas, fosforescentes. "Quero sair daqui! Abram a porta!", quis gritar. Mas não havia saída, não havia porta. Apenas aquele corredor comprido e escuro, que mal dava passagem a seu próprio corpo. E se não existiam portas, como é que ele entrara ali? E como Zeca e Laurinda também tinham entrado?

Passou as mãos pelas paredes em busca de resposta. Talvez as paredes tivessem crescido do chão, como plantas. Olhou em volta. Se abrisse os braços em cruz abarcaria toda a largura do corredor. Mas eles se aproximavam devagar, nus, as mãos entrelaçadas. Prendeu os olhos neles, procurando desvendar sua expressão. Não pareciam ameaçadores, pelo contrário. Havia até certa doçura naquela lenta aproximação. Laurinda sorria, a fieira de dentes brancos ressaltada contra a pele escura era como um colar de pérolas sobre um vestido negro. Com o sorriso, os olhos dela franziam-se levemente nos cantos, e parecia uma menininha assim. A fita esfiapada no cabelo era de Maria Lúcia, mas os dedos longos pertenciam a Edu. E havia Zeca, com seus cabelos cor de fogo, as mãos estendidas em direção às suas coxas e a pergunta safada suspensa nos lábios: "Como é que é, a vara já está empenando?". A mão se aproximava cada vez mais, vista de perto parecia separada do resto do corpo. Tinha contornos quadrados, recoberta de pelos fulvos, mas os dedos não eram compridos e finos como os de Edu. Eram dedos curtos, de juntas grossas também cobertas de pelos, quase como uma pata. Maior que as outras, a unha do dedo mínimo destacava-se como uma espada. E lentamente crescia. Maurício quis fugir. Mas como, se o corredor não tinha portas? A mão já quase o tocava, podia sentir a vibração daquela pele, o cheiro de trigo maduro nascendo dos dedos.

Esporeou o cavalo. "Eia, eia!", gritou, e cravou os calcanhares nas ancas suadas. Agarrou-se com mais força às crinas longas como cabelos de mulher, estranhas crinas negras contrastadas com o corpo branco do animal. As patas dele afundavam no trigo, tão alto que fazia cócegas nas pernas de Maurício. E tão maduro que, sem mastigá-lo, adivinhava certo gosto distante, sorvete de infância em tarde de domingo, perdido entre os dentes — um gosto que exigia fechar os olhos e ficar em silêncio, mãos cruzadas, para adivinhar se bom ou mau. O vento despenteava seus cabelos, ao mesmo tempo que secava o suor do corpo. E o suor era o que o ligava ao cavalo, tornando-os um único corpo, fundidos, sós e pálidos no meio do trigo.

Não era lua nem sol o círculo que os iluminava. Era um enorme olho de gato, cheio de pontos dourados nas pupilas. A circunferência escura do centro estava cercada por outra mais clara, e era nessa que se refletiam os dois, cavalo e cavaleiro, transformados num centauro que corria cada vez mais velozmente. O trigo estava maduro. Um dia a mais, e começaria a apodrecer. Pensou então que aquela fazenda não era a do pai, senão ele andaria por ali, sem camisa, o chapéu de palha enterrado na cabeça, comandando a colheita. Nesse momento foi que viu a vegetação mais verde e mais densa da beira do açude. Quis desviar o cavalo, agarrou-o com força pelas crinas, tentando voltar a cabeça dele para o outro lado. Não conseguiu, e o cavalo nem corria mais: seu passo era medido, calculado como se tivesse decorado a rota, como se a fizesse havia anos. Pensou em saltar — o açude não, o açude não. Mas o chão estava cheio de espinhos e serpentes entrelaçadas nos troncos apodrecidos de madeira. Olhou para cima, aterrorizado, e não era lua, não era sol nem olho de gato — era uma enorme moeda rebrilhando no espaço.

Afastou a vegetação. E viu a moeda brilhante abandonada sobre o corpo nu de Laurinda. Aproximou-se lentamente, apertou-a nos dedos. Mas alguma coisa agarrou seus pulsos, obrigando-o a levantar os olhos. Era Luciana que o segurava apertado. E chorava devagarinho, abanando a cabeça: "Quando a gente gosta mesmo, faz até pior". "Mas por que é que tu estás chorando, Luciana?", ele perguntou. E, como se não tivesse escutado, ela repetiu apertando a coroa de flores roxas contra os seios: "Quando a gente gosta de verdade, faz até pior". "Mas eu gosto de ti, Luciana", ele gritou com tanta força que a saliva nascida junto com as palavras transformou-se em chuva. Os pingos começaram a cair sobre ele e dissolveram o barquinho de papel que tinha nas mãos, pronto para soltar nas águas do açude. O barco desfeito escorreu entre os dedos. E não era mais barco, era uma flor. Quatro pétalas desajeitadas em torno de um miolo escuro, informe e feio. Bem-me-quer-mal-me-quer-bem-me-quer-mal-me-quer, ele disse rapidamente enquanto jogava ao vento as pétalas arrancadas. Mal-me-quer, pensou com tristeza, vendo a última pétala. Depois lembrou que não tinha pensado em ninguém, e ficou alegre outra vez.

"Como é que é, a vara já está empenando?", uma voz rouca fazia a pergunta, uma voz que ele nunca tinha ouvido antes. A mão avançava até o meio de suas coxas, depois detinha-se, investigando, e começava a subir numa carícia. Ele quis debater-se, gritar: "Me deixe, me deixe, me deixe!". Mas a carícia era morna, era boa e morna, e ele abandonou o corpo. Fechou os olhos, roçou as faces naquela pele macia. A mão avançava, despertando arrepios que subiam até o rosto, colocando tremores no corpo todo. Teve vontade de mordê-la, mordê-la devagar, não como quem está com raiva, mas como quem quer agradar. Outras mãos desciam suas calças, deslizavam pelas nádegas, mãos muito doces, cheirando a trigo. E dedos abriam lentamente os botões de sua camisa, um por um. Os tecidos escorregavam na pele, deixando o corpo nu. Foi quando ele abriu os olhos que viu que não era mão: era uma moeda enorme, rebrilhando doidamente.

Gritou e correu para Maria Lúcia, que o esperava com um sorriso no canto dos lábios. "Por que é que tu estás com a fita esfiapada?", perguntou. E ela respondeu: "Porque Luciana morreu". "Mas isso já faz muito tempo", ele disse. A menina retrucou, naquele jeito gozado de falar: "Faz nada, foi agorinha mesmo". Deram alguns passos em silêncio. Maurício enfiara as mãos nos bolsos, não sabia o que dizer. De repente lembrou-se da flor. Estendeu-a para a menina. Ela jogou longe, com uma cara de nojo: "Você não vê que está toda despedaçada? Nem pétala tem mais". "É que eu fiz mal-me-quer-bem-me-quer", ele explicou. Maria Lúcia animou-se: "É? E o que foi que deu?". "Nada", ele disse. "Não deu nada, eu não pensei em ninguém." Foi aí que ela fez um jeito de quem está muito zangada, empurrou-o e saiu correndo. Ele começou a andar em direção à estação, onde o trem estava prestes a sair. Edu barrou seus passos. Estendeu-lhe uma pilha de livros e o vidro de remédio verde. "Tu és o único que tem possibilidades", disse. Depois foi se afastando, nos olhos um reflexo que parecia de lágrima presa. Chamou-o. O primo voltou-se e ele quis dizer que não entendia, mesmo assim o queria muito bem: "Edu, Edu, eu gosto muito de ti. Não vai embora, senão eu vou ficar sozinho outra vez". Sabia que bastaria dizer uma palavra e o primo ficaria junto dele. Mas as mãos douradas o puxavam para baixo, o sorriso morria nos lábios de Edu, o reflexo dos olhos tombava feito água sobre o chão de ferro da estação, amolecendo-o e transformando-o num canteiro de morangos.

Tia Violeta abanava com o lenço branco, mas o que fazia a gente perceber que ela estava abanando era a saia vermelha ondulada pelo vento, não o lenço. Maurício encostou a cabeça no vidro e acariciou os chifres do Minotauro. "O trigo amansou a ferocidade do monstro de guampas." Por entre o trigo é que os corpos rolavam, naquela luta que não terminava nunca. Aquela luta feita de gemidos, não gritos. Depois, apenas o líquido esbranquiçado, não sangue.

A negra rosa úmida cintilara quando Maria Lúcia atirou-a ao chão. Maurício sentira vontade de curvar-se para apanhá-la e recompô-la pedacinho por pedacinho, como tia Violeta fazia com os bibelôs quebrados. Ficariam as marcas depois? Ele sabia que sim. Nenhuma cola conseguiria apagar os sinais da queda, da quebra. Ficariam sempre as arestas, ferindo feito espinhos — nem na morte a rosa se livraria de sua sina de ferir. Para sempre o sinal da junção dos pedaços, uma cicatriz fina, persistente e tortuosa que ele acompanharia com o dedo, devagar, sem nunca encontrar a saída. Porque estava num labirinto.

Levantou a cabeça para prestar atenção nas paredes. Eram altas, mas descobertas, lá em cima, sem teto, mostrando um céu azul e limpo. Maurício pensou que pareciam ainda mais cruéis assim, abertas, pois prometiam a possibilidade de uma fuga que jamais aconteceria. As nuvens muito tênues não chegavam a manchar a limpidez do céu, pareciam até acentuar o azul com os salpicos de sua brancura. Foi abaixando a cabeça para observar os entalhes que os antigos prisioneiros haviam deixado na carne cimentada das paredes. Tentou ler; encontrar alguma palavra conhecida seria uma espécie de salvação — mas os garranchos eram pequenos monstros indecifráveis, incompreensíveis. Mais adiante havia a curva do corredor e, mesmo sem caminhar até lá, ele já adivinhava outra curva depois dela, depois mais uma, para dar lugar a outra ainda e outra mais — como um longo braço cheio de cotovelos.

Se tivesse apanhado no chão a rosa negra, pensou, estaria salvo. Mas ela era viscosa, peluda, e ele tinha medo. Um medo que o fazia encolher-se feito feto, com vontade de rebaixar-se, envilecer-se humilhado para provocar a simpatia de alguém que pudesse ajudá-lo. Estava só. Mesmo assim, através das paredes, conseguia escutar os passos que pouco a pouco rasgavam o silêncio dos corredores.

Só ergueu os olhos quando sentiu a presença do estranho ser. Ainda de olhos baixos, sem ver nem sentir, já sabia que era estranho. Então olhou-o, ofuscado pela luz. "Luciana!", julgou reconhecer, estendendo os braços. A criatura recuou, sacudindo a cabeça. Olhando-o mais atentamente, Maurício percebeu que os dedos longos e os olhos azuis eram os de Edu. Ou talvez não fossem azuis, pensou, mas incolores: olhos incolores que absorviam a cor do céu. "Edu, Edu, que bom que tu voltaste!", disse. A criatura recuou outra vez, e tornou a sacudir a cabeça. Os seios fartos, Maurício pensou, os seios grandes e o jeito triste de inclinar a cabeça eram os mesmos de Luciana. Mas os cabelos cor de fogo pertenciam a Zeca, e a rosa que brilhava no meio das coxas era de Laurinda. E havia ainda as unhas longas nos dedos mindinhos, o bigode acentuando a boca, a boca aberta para mostrar a fileira de dentes brancos. Aquele jeito de passar a mão na cabeça da gente era o de mamãe, mas o corpo todo estava entrelaçado de morangos vermelhos, pontilhados de grãos mais pálidos, subindo até o pescoço com seus pés de folhas.

O estranho ser curvava-se para ele, com jeito de querer contar uma história. Seu movimento era tão natural que, apesar da estranheza, Maurício não fugia. Sentia uma espécie de ternura ou pena, que o fazia passar lentamente a mão pelos cabelos de trigo que desciam pelas costas do ser. A boca dele — dele ou dela? — movia-se devagar, mas a história não nascia. E suas mãos começaram a subir pelas pernas de Maurício, até seu rosto — eram muitas mãos, as longas unhas não machucavam e os cabelos tinham aquele cheiro meio sem cheiro de campo, de extensão limpa e verde. Cabelos amarelos que com a luz do sol pareciam uma moeda de ouro girando vertiginosa, como se estivesse indecisa entre cair e não cair.

Tão só, tão só ele estava que começou a ceder às carícias. O sol escurecera, as nuvens haviam sumido, o pedaço de céu que ele via no final das paredes agora era somente um negrume espesso. Além do medo, sentia frio, medo e frio, frio e solidão, solidão e medo novamente. As sensações circulavam a seu redor, de mãos dadas numa ciranda, de vez em quando estacavam e uma delas saía da roda para invadi-lo. Adensava-se lá dentro, e Maurício tinha vontade de gritar, gritar para agarrar-se em alguma coisa, para não afundar em si mesmo. Escancarava os olhos, as órbitas inundadas de escuridão, e só o contato com aquela criatura o fazia sentir que não estava sozinho. O corpo quente, Maurício roçava a pele naquela quentura áspera, repetindo que era bom estarem no escuro, assim não veria o corpo estranho da criatura, podia imaginar que a mãe o embalava. Como quando era criança, cantando canções de ninar.

Então percebeu os movimentos que a criatura fazia sobre seu corpo. E mesmo no escuro, percebeu também que eram aqueles mesmos movimentos de Zeca sobre o corpo de Laurinda. Abandonou-se aos poucos, os raios da lua nascendo por cima das paredes sem fim o deixavam exausto. Arrepios cresciam nas extremidades dos membros, entrelaçavam-se feito cobras, encontrando-se nos flancos. O cansaço o abandonava então, e vinha uma espécie de fúria que fazia nascer uma vontade desenfreada de fundir-se com aquela estranha criatura. Tornar-se um só corpo. Rapidamente, subitamente. Depois abandonar-se outra vez, com alguma paz nascida desse abandono. Uma paz que depois se iria também para dar lugar a outra coisa. Como uma febre, talvez.

Sentiu que tudo ia mudar. Que uma coisa crescia dentro dele, feito avalanche, levando consigo outras coisas para fazer-se mais forte, cada vez mais, até explodir numa golfada de alívio. Empurrou devagar a estranha criatura e deitou-se sobre ela. Agora eram seus os movimentos, como os de Zeca sobre Laurinda. A rosa negra tornara-se subitamente clara, fosforescia no meio da noite. O corpo da criatura era macio e morno como um pão recém-tirado do forno. Maurício afundava nele, faminto, e cada movimento saciava um pouco mais daquela fome, que não se saciava nunca. A lua subia no céu, tornava-se maior, mais clara, ele já podia distinguir o contorno das coisas, as arestas do corredor suavizadas na penumbra. Nos cabelos da criatura encontrou de repente a fita esfiapada de Maria Lúcia. Tentou agarrá-la, mas os movimentos do corpo nu que se abria como uma fruta partida em gomos ficavam mais rápidos. Alguma coisa ia acontecer. Apertou com mais força a estranha criatura, sua solidão explodia mais alto, ele precisava segurar-se em qualquer coisa. Foi então que percebeu que abraçava a si próprio. Quis parar com aquilo, separar-se da estranha criatura que era ele mesmo, mas a avalanche crescera tanto que já não conseguiria contê-la. Um jato súbito expulsou a matéria viscosa para fora de seu corpo. Maurício empurrou violentamente a criatura, vontade de gritar, a lua subindo no céu, aquela matéria viscosa se espalhando por tudo, inundando os lençóis, cada vez mais forte, molhada, pegajosa, saindo para fora.

Acordou de repente, atirando longe as cobertas úmidas de suor. Hesitou alguns momentos na fronteira entre o sonho e a realidade. As imagens iam se desfazendo, dissolvidas pela luz da rua que as frestas da janela coavam para dentro do quarto. As coisas, as coisas de fora, as coisas reais impunham seus contornos sólidos, e o gemido prolongado do bonde nos trilhos terminou de despertá-lo.

Baixou o pijama, levou a mão até o meio das pernas. E não sabia se sentia nojo ou medo do líquido viscoso espalhado entre as coxas. Levantou-se, deu alguns passos pelo quarto, esbarrando com os móveis ainda pouco familiares. Pensamentos varavam a cabeça em todas as direções, feito faróis desencontrados na escuridão. Mas apenas um deles ganhava consistência e se revelava, concretizado em palavras.

"Fiquei homem", disse no escuro. As vagas advertências, e todas as suspeitas, tudo tomava forma. Ele admitia, ele agora compreendia. "Fiquei homem", repetiu. Sentou na guarda de ferro da cama e ficou olhando os reflexos que a lua cheia colocava nos trilhos dos bondes.

Diário VI

20 de maio

Minha lâmpada de cabeceira está estragada. Não sei o que é, não entendo dessas coisas. Ela acende e, sem a gente esperar, apaga. Depois acende de novo, para em seguida tornar a apagar. Me sinto igual a ela: também só acendo de vez em quando, sem ninguém esperar, sem motivo aparente. Para a lâmpada pode-se chamar um eletricista. Ele dará um jeito, mexerá nos fios e em breve ela voltará a ser normal, previsível. Mas e eu? Quem desvendará meu interior para consertar meus defeitos?

Puxa, se já acordo de manhã com essas interrogações, imagine o que estarei pensando logo à noite... Engraçado, vou-me adensando à medida que o dia avança. Quando chega a hora de dormir estou um poço de profundidade, sinto-me capaz de resolver qualquer problema... Acontece que é hora de dormir, e eu não vou escapar às facilidades da cama para resolver problemas. Nunca escapo das facilidades, aliás, sejam elas quais forem.

Fico imaginando o meu futuro. Não consigo me ver de bigode na cara, barrigudo, uma mulher ao lado mais meia dúzia de filhos. Mas também não consigo me ver de outra maneira. Enfim, não consigo me ver de nenhuma maneira, seja ela qual for. Nem minha cara, nem meu corpo, nem minha vida. Talvez eu não tenha futuro, o que afinal não é tão desesperador assim. Pode ser até um consolo.

Acordei muito cedo hoje. Ainda não lavei o rosto, estou escrevendo de pijama mesmo. Tenho a impressão de que este diário é como um espelho. Ele me reflete todas as vezes que o tomo para escrever. A diferença é que o espelho não me guarda: basta sair da frente dele para que minha imagem se apague. O diário, não, o diário é fiel. Ele me guarda mesmo quando não estou escrevendo: basta abri-lo para que ele me mostre a mim mesmo.

Mamãe passou mal ontem à noite. Eu estava com insônia e lia, quando ouvi seus gemidos. Meu pai levantou-se, deve ter acendido a luz, caminhava, abria gavetas, foi até o banheiro. Depois ouvi que mamãe vomitava. Continuei deitado, lendo ou só olhando as letras, porque elas se embaralhavam sem formar sentido. O meu dever seria levantar e ao menos perguntar o que estava acontecendo. "O meu dever"... merda para ele, que não tenho dever nenhum. Ah, se eu pudesse ao menos saber se o que faço é certo, ou se ao menos faço, seja lá o que for, com convicção, mesmo não sendo correto. Certo... dever... — só palavras, rótulos, ordens preestabelecidas, grudadas como cartazes em todas as paredes, para que todo mundo veja. Quem não as segue é apontado e criticado por todos. Nojo, nojo é o que tenho disso, e de todos, e de mim principalmente.

Mas não posso perdoá-los, nem agir de outra maneira. Perdoar de quê? Porque não há nada de que perdoá-los realmente. Eles não fizeram nada. Não, fizeram isto: me criaram com tudo nas mãos, um inútil, são os culpados dessa confusão em que estou, dessa vontade de só dormir, dormir muito, para nunca mais acordar. E agir de outra maneira... meu Deus... seria tão fácil. Pensando bem, simplesmente não ajo. Não faço nada. Vez que outra, assisto uma aula ou duas, volto para casa, desvio os olhos da barriga de mamãe, escrevo essas idiotices aqui, caminho à toa, penso em coisas que não têm solução. Essa é a minha "maneira de agir".

Só tenho passado, o presente é esta viscosidade e o futuro não existe. Ah, eu queria ter um objetivo na vida, uma coisa que sugasse todas as minhas forças, conduzisse todos os meus gestos e as minhas palavras. Não tenho nada, só este vazio. Tão grande que, frequentemente, duvido até dele próprio. Se tivesse um objetivo — uma vocação, como será uma vocação? — tudo seria diferente. Marlene não sabe a inveja que tenho dela. Quando se queixa da falta de tempo, dos dias que faltam para a exposição, dos quadros que ainda não acabou, quando diz "Maurício, eu já nem sei mais por que entrei nisso, compreende?", eu fico olhando, olhando, e tenho vontade de responder: "Mas tu ao menos tens com que te preocupar. Eu, nem isso. Nem isso, Marlene".

Uma viagem bem longa, para bem longe daqui, talvez resolvesse, se é que há mesmo algo para ser resolvido. Mas talvez a solução esteja na paisagem interna, não na externa. Talvez eu possa modificar aquela sem modificar esta. O que eu queria era modificar as duas, de uma só vez. Queria ter o que ver, quando olhasse dentro ou fora de mim.

Tenho lido muito. Quando leio certas coisas, me vem certo alento, nem chega a ser uma esperança, um sopro leve que logo se desfaz. Penso: "Talvez eu pudesse... se outros puderam, afinal... talvez eu pudesse também...". Por alguns segundos, quase tenho certeza de que eu poderia também criar outras vidas, inventar histórias, enredar-me em outros problemas além dos meus. É só um instante. Para escrever, eu acho, é necessário um desligamento muito grande, um distanciamento enorme de si próprio e das coisas que rodeiam a gente. Não consigo fazer isso. Escrevo, às vezes, mas são coisas medíocres. Uma casca de palavras ocas, coloridas, porque dentro não há absolutamente nada. Afinal, se eu mesmo sou vazio, como poderia criar coisas cheias? Criar. Um dia, quem sabe, depois de muito amar e desamar, querer e não querer, depois de quedas e voltas, avanços e saltos, talvez depois disso tudo reste alguma coisa. E isso, essa sobra, talvez possa ser transformada em outra a que darei o nome de criação, quem sabe.

Tia Clotilde e Maria Lúcia ainda não apareceram. É provável que cheguem hoje.

Papai deve estar na cozinha tomando chimarrão. O homem de duas faces. Ou que tenta ter duas faces, porque a de homem da cidade é muito fina, transparente. Por baixo dela sempre aparece a outra, a de homem do campo, acostumado a lidar com bois, ovelhas e cavalos, não com gente. Só o vejo realmente alegre quando é tempo de ir para a fazenda, coisa que faz de dois em dois meses. Quando volta, torna-se ainda mais carrancudo, mais sombrio, mais implicante. E mamãe é "a mulher que acompanha". Só isso. Casou num tempo em que as mulheres tinham que abaixar a cabeça para seu amo e senhor, sem o direito de questionar sequer a própria escravidão. Ela se submete. Sem interrogações, sem dúvidas, sem nada. E eu talvez traga em mim o germe dessa covardia milenar, estéril. Talvez passe a vida a me interrogar, sem nunca tomar nenhuma decisão. Seria só dizer: "Pronto. É hoje. De agora em diante vai ser diferente". E começar.

Da cozinha vem o cheiro de café novo. Tenho sorte. Lá fora começa a passar gente que talvez nem saiba o que é isso. Demagogias...

Faz frio. Estou frio por dentro também. Acabei me entristecendo com as coisas que escrevi. As verdades, porque as mentiras não entristecem. Vou à aula, hoje. Não suporto a ideia de ficar trancado aqui durante a manhã toda, sem ter sequer um pensamento dentro da cabeça.

Bruno

A primeira coisa que notou quando passeou os olhos pela sala de aula foram uns cabelos louros, presos a um corpo que, no primeiro momento, não chegou a se definir. Pareciam soltos no ar, tomados de vida própria, desligados de qualquer cabeça. Só um pouco mais tarde, raciocinando vagamente que aqueles cabelos deveriam pertencer a alguém, complementar um par de olhos, um nariz, uma boca, duas mãos e todas essas coisas — só depois de chegar a esse pensamento foi que Maurício voltou-se devagar, outra vez, para ver melhor.

E teve medo da decepção. Aqueles cabelos louros e bonitos mereciam também um corpo louro e bonito. A voz do professor cortou no meio o ato de voltar-se. Deslizou os olhos pelos outros cabelos que se ofereciam, sem mistérios, mas logo aborreceu-se. Não tinham a vida — era vida? — daqueles outros, dos louros. Espiou pela janela, para o verde das árvores da Redenção. Estavam imóveis no meio da vaga bruma. O globo terrestre girava com o movimento dos dedos do professor, misturando continentes, oceanos e ilhas numa só massa azulada. Dava um pouco de sono.

Na ponta dos dedos, a caneta tomou vida própria e começou a escrever frases sem sentido. Olhou o relógio, cinco minutos para bater. O corpo do professor, bem à sua frente, obrigava-o a afetar um olhar interessado, acompanhando com movimento de cabeça as frases que ele dizia. Sacudiu a caneta, um borrão de tinta espalhou-se sobre as frases recém-escritas. O professor fez uma pausa. As gotas de tinta atingiram os dedos de Maurício, escorreram para a mesa, para o chão. No meio da pausa, o professor olhou-o interrogativo, esperando decerto que levantasse e fosse lavar as mãos. Teve vontade de não se mexer, como se não tivesse acontecido nada. Mas os colegas aguardavam em silêncio, o globo ainda girava, o professor tinha um gesto suspenso no meio, a tinta espalhava-se lenta. Levantou, pediu licença e caminhou até a pia no canto. Enquanto andava, sentia a sala dilatar-se, aliviada, às suas costas. Abriu a torneira, a água escorreu pelos pulsos, pela palma, pelos dedos, levando a tinta. Com movimentos cuidadosos, arrancou a toalha de papel, secou as mãos lentamente. O olhar dos outros queimava suas costas. De agora em diante, até aprenderem seu nome, seria conhecido como aquele-que-lavou-as-mãos-na-aula-de-geografia. "Ele está me vendo", pensou de repente. E voltou-se, procurando os cabelos louros.

No fundo da sala, encontrou um par de olhos claros que o observavam com interesse. Voltou até seu lugar, sentou-se. E recompôs então o rosto que vira, inclinado de leve, o queixo pousado no côncavo da mão direita. "Não tenho nenhum amigo", pensou sem sentido. Ou só percebeu o sentido um pouco depois. Até lá, desfilaram por sua cabeça todas as coisas que eram, ao mesmo tempo, causa e consequência de não ter nenhum amigo — não conhecia ninguém, viera do interior e ia para casa de bonde. Não havia nenhuma relação entre não ter amigos e andar de bonde, mas continuou a enumerar razões, batendo com o dedo no tampo da mesa. Como cinco minutos custavam a passar, meu Deus. Repetiu baixinho "Meu Deus", sem exclamação.

De súbito resolveu prestar atenção nas palavras do professor, mas só começou a ouvi-las no momento exato em que o homem colocava o livro dentro da pasta e dizia: "Bem, com isso então encerramos o assunto de hoje". Houve uma pausa que Maurício não saberia dizer se de alívio ou cansaço. Logo depois o barulho da campainha espatifou o silêncio, fazendo entrechocarem-se no ar o ruído de fechos cerrando, livros sendo guardados, palavras se desencontrando. Propositalmente, demorou um pouco mais.

Os alunos que já se conheciam passavam em grupos, vagamente arrogantes, enquanto os novos como ele dividiam-se em duas categorias — a dos que se esquivavam, como se realmente não quisessem ser conhecidos, e a dos que sorriam com timidez, tentando uma aproximação humilde. Até agora, Maurício colocara-se entre os primeiros, mas começou a retardar os movimentos, sorrindo difícil. Logo a sala ficou totalmente vazia.

Foi então que o rapazinho louro mexeu-se em direção à porta de saída. Maurício acompanhou-o hesitante. Na escada emparelhou com ele. Sorriu. O menino sorriu também. Maurício resolveu ser o primeiro a falar:

— Chata a aula de geografia, não?

O outro entortou a cabeça:

— Você acha? É uma das minhas matérias preferidas.

Às primeiras palavras Maurício descobriu um sabor de coisa já vivida. Não conseguiu precisar o que era. Apressou-se a explicar:

— Eu também gosto. Mas é que é a última aula, a gente já está cansado.

— Ah, bom. Eu também estava cansado, sabe?

Maurício lembrou: aquela maneira de falar, chiando levemente nos "esses", puxando forte nos "erres". Lembrou de Maria Lúcia.

— Tu és carioca?

— Sou. Como é que você sabe?

— Está na cara — disse. Depois emendou, numa tentativa de brincadeira: — Ou melhor, está na voz. Tenho uma prima que é de lá do Rio e fala do mesmo jeito.

O menino sorriu. Sorria muito, mas falava pouco e baixo. A escadaria chegou ao fim, a porta aberta expeliu-os para a rua, onde o movimento de fim de tarde ficava mais intenso.

— Eu também não sou daqui — explicou Maurício. — Sou do interior. Viemos faz pouco tempo de lá, não conheço ninguém.

— Eu também não conheço ninguém. Só você agora.

Sorriram um para o outro. A solidão e a timidez unindo-os com suavidade. Começaram a caminhar.

— Vou tomar o bonde — disse Maurício. — Tu vais a pé mesmo?

— Vou — o menino hesitava um pouco, sacudindo a pasta, o olhar fixo nos sapatos. — Moro aqui perto.

— Ah, que pena. Senão a gente ia junto.

O menino estendeu a mão:

— O meu nome é Bruno.

— O meu é Maurício.

Apertaram as mãos. Tornaram a sorrir, embaraçados. Maurício queria dizer alguma coisa, mas a cabeça estava vazia. Deu alguns passos em direção a um bonde que se aproximava.

— Bom, vou indo. Amanhã a gente se encontra na aula. Até logo.

Começou a caminhar. A voz do outro o deteve:

— Maurício!

Voltou-se rápido:

— O quê?

— Ao meu lado tem uma carteira vazia, se você quiser pode sentar lá amanhã.

Bruno hesitou, gaguejou ruborizado:

— Eu gostaria muito.

Subindo no bonde, Maurício gritou:

— Quero sim. Claro que eu quero.

Antes de o bonde dobrar a curva, olhando para trás, ainda conseguiu ver mais uma vez aqueles cabelos louros.

— Boa tarde. O Bruno está?

— Está, sim. Entre, Maurício.

Embaraçado, apertou a mão que a mulher estendia. Sentia-se intimidado, talvez pelo vestido preto justo que ela usava, pelo colar de pérolas um tanto despropositado àquela hora da tarde.

— Como vai a senhora, dona Cristina?

— Vou indo — ela disse. E acendeu um cigarro.

— Bruno melhorou?

Ela sorriu levemente, sem responder. Em sua presença, Maurício ficava tomado por uma mistura de respeito, fascinação e antipatia. A mulher sempre de saltos altos, cabelos bem penteados, sorriso agradável e palavras exatas fazia-o pensar na própria mãe. Isso lhe dava um sentimento de inferioridade, porque revia os olhos baixos da mãe, com seu interminável tricô de Penélope. Os próprios móveis da casa eram diferentes. Piano de cauda, vasos de cristal, cortinas de renda branca.

— É justamente sobre isso que quero falar com você — ela disse de repente.

Maurício surpreendeu-se:

— Sobre o quê, dona Cristina?

— Sobre a doença de Bruno.

Ela também era loura, e o jeito de falar, baixo e triste, o mesmo de Bruno. Só as mãos eram diferentes. As de Bruno, quietas, moviam-se apenas para segurar o cansaço do rosto. As de dona

Cristina alisavam nervosas o vestido, subiam pelo busto, consertavam uma mecha de cabelo fora do lugar, às vezes torciam-se como se estivessem desesperadas. Maurício pensava nas mãos de um afogado, afundando aos poucos, só elas ainda à tona, pedindo ajuda. Mãos de um afogado que não se afogava nunca. Acomodou-se melhor na cadeira forrada de veludo vermelho. Sentia-se sujo, grosseiro e vulgar.

— Você sabe, Bruno é um garoto muito sensível — ela disse. As mãos enrugaram uma prega do vestido. — Como você também é. Pois foi essa sensibilidade excessiva que causou a doença. Na verdade, ele não está doente. Não no corpo, compreende? Está é fugindo de alguma coisa, e para não enfrentá-la inventa pretextos para ficar o dia todo na cama.

Maurício concordou com a cabeça. Apertou nas mãos o livro que trazia para devolver a Bruno — *Viagem ao centro da Terra*, Júlio Verne. Não sabia aonde dona Cristina queria chegar.

— Você é inteligente — ela disse. Mas Maurício não teve tempo de sentir-se lisonjeado, pois as mãos subiam até o colar de pérolas, enrolando-se como cobra nos dedos esguios, prendendo toda a sua atenção. — Você sabe que é o único amigo de Bruno. E sabe também que a gente precisa ter muito cuidado sempre para não magoá-lo. É um verdadeiro cristal, ameaça quebrar-se com qualquer toque menos delicado. — As palavras nasceram em rajadas, sem pausa. Depois cessaram, como se a fonte que as gerava tivesse estancado. — Agora ele está entrando numa idade difícil. Você também. Todo cuidado é pouco, compreende?

— E o que é que a senhora quer que eu faça? — Maurício quis colocar um tom mais rude na voz, mas ela saiu tímida, hesitante, assustada.

Dona Cristina falou ainda mais baixo, mais triste, um pouco rouca:

— Nada, não quero que você faça nada. Só quero que você continue amigo dele. Você é muito importante para ele. — Ficou de cabeça baixa durante alguns instantes, depois tornou a erguê-la e sorriu. Levantou-se, passou as mãos pelos cabelos dele. — Venha, Bruno vai gostar de vê-lo.

Enveredou em direção ao interior da casa. Maurício seguiu-a automático, meio estonteado. Ela caminhava à sua frente, a cada passo o vestido de tecido leve subia um pouco, mostrando um palmo da coxa muito branca. Teve vontade de voltar atrás, fugir dali. Não conseguiu. Parada à porta do quarto, dona Cristina sorria. Seu sorriso era um anzol que o fisgava lentamente. Desviou-se dela e entrou, o rosto ardendo.

Do fundo da cama, Bruno olhou-o. E sorriu, como sempre. No primeiro instante, foi só o que Maurício pode ver: o brilho dos olhos e dos dentes. Sem saber o que dizer, sentou-se perto dele, estendeu o livro.

— Trouxe teu livro, já li. Gostei muito.

Falava aos arrancos, sentindo-se idiota. Deveria perguntar como o outro estava, se se sentia melhor, coisas assim.

Bruno apanhou o livro. Folheou-o devagar, um sorriso estranho no canto dos lábios. Leu:

— *Viagem ao centro da Terra...* seria bom se a gente pudesse fazer uma viagem dessas, hein, Maurício? Para o centro da Terra, onde ninguém pudesse ver a gente.

Maurício desviou o olhar para a porta, em pânico. Seus olhos esbarraram na madeira, dona Cristina havia ido embora e fechado a porta. Sentia-se desamparado como se o tivessem deixado a sós com um animal estranho, ou uma mistura química de reações imprevisíveis. Sacudiu a cabeça, lutando contra a imagem. "Bruno é meu amigo", pensou com força, "Bruno é meu amigo." O sentimento dissipou-se. Apertou os olhos, descerrou os maxilares e viu que Bruno chorava silenciosamente. As lágrimas escorriam, o livro tremia nas mãos quase tão brancas quanto o lençol. Subitamente, teve vontade de fazer o amigo encostar a cabeça em seu peito, enxugar-lhe as lágrimas.

— Bruno, Bruno, o que é que tu tens? Eu não entendo o que está acontecendo contigo.

— Ninguém entende.

— Não gosto de te ver assim. Fico triste também.

A ternura inexperiente não conseguia expressar-se em palavras ou gestos. Mas seu olhar estava repleto de doçura, suas mãos pesadas de amizade, sua garganta quase estalava com as palavras avolumadas e presas, sem encontrar a saída. Como uma câmara de cinema, seu olhar deslizava pelas paredes, perseguindo imagens. Os livros encadernados na estante giravam lentos por trás das cortinas que o vento soprava. Sobre a escrivaninha, o globo terrestre igual ao da aula de geografia parecia também girar lentamente — terras distantes, palmeiras, camelos, dançarinas tibetanas, serpentes mortais, pirâmides, altos edifícios, despenhadeiros, paisagens de cartão-postal, picos cobertos de neve, tudo contido numa esfera, o mundo que girava e girava no canto do quarto.

— Por que é tudo tão sujo? — A voz de Bruno vinha de longe. — Por que é tudo tão imundo e tão difícil, Maurício?

Num gesto não planejado, ele estendeu a mão e começou a passá-la nos cabelos do outro.

— Não sei, não posso te dizer. Se eu soubesse, acho que não estaria aqui a essa hora. Estaria no céu, seria santo. Ou no inferno, sei lá. Em qualquer lugar, menos aqui.

De repente sentia uma espécie de segurança, o que ia dizendo parecia ter uma experiência que não conhecia em si próprio. Como se fosse anos e anos mais velho que Bruno, como se um pai falasse com o filho.

— É preciso que seja assim, Bruno.

— Mas por quê? Só quero que você me diga por quê.

— Porque sempre foi assim, entende? Sempre.

Mas *o quê* tinha sido e seria sempre assim? As ideias, não as palavras, atropelavam-se em seu cérebro. Havia tantas coisas que ele gostaria de explicar. Apesar das muitas conversas, pouca coisa fora dita. O essencial sempre ficara no fundo, esmagado pela superficialidade. Havia os silêncios longos, quando se olhavam, um no outro, no fundo dos olhos, havia a enorme diferença entre eles e os demais. Havia uma vontade estranha e carinhosa de tocar entre os dois, sem nome. Por isso calava e, devagar, passava a mão pelos cabelos do amigo.

Ficaram muito tempo quietos assim. Nem voz nem gesto expressariam o que sentiam. Finalmente, com esforço, Maurício falou:

— Sabe, quando a gente está com medo de entrar num quarto escuro, a melhor coisa a fazer é entrar de repente, sem pensar. Não adianta nada ficar do lado de fora, vendo fantasmas, imaginando coisas que não existem. Melhor entrar de uma vez, Bruno.

O silêncio voltou. Bruno olhava pela janela. Maurício apertava a mão dele sem dizer nada. Os raios de sol encolhiam aos poucos no tapete. Os objetos iam perdendo seus contornos naturais para ganhar outros, sugeridos pela imaginação. "Eu tenho medo, Maurício, eu tenho muito medo", Bruno parecia dizer em silêncio. E era como se ele mesmo também dissesse, mudo: "Eu tenho medo, Bruno, eu tenho muito medo". Na penumbra, os olhos do amigo brilhavam. Lá fora, na calçada, crianças brincavam de roda: "Da laranja quero um gomo, do limão quero um pedaço, da tua boca quero um beijo, dos teus braços um abraço". De dentro da casa vinha um rumor de pratos, copos, talheres. A mão de Bruno estava fria e por vezes, num susto, Maurício prestava atenção na respiração dele.

Então, de repente, a porta abriu. Acenderam a luz. Dona Cristina entrou, de braço dado com o marido. E o pai de Bruno, Maurício viu outra vez, era também um pai completamente diferente do seu. De terno e gravata, cabelos bem cortados e um vago perfume de água de colônia.

— Ué, vocês estão no escuro?

Bruscamente, Maurício retirou a mão. Como se fosse proibido. Levantou-se, falou apressado:

— Eu já ia andando.

O pai de Bruno sorriu para ele. Não usava bigode, a cara raspada e lisa parecia muito jovem. Convidou:

— Não quer ficar para jantar conosco?

— Não posso, não avisei em casa.

— É só telefonar.

— A gente não tem telefone — disse com dificuldade. — Muito obrigado.

Dona Cristina avançou para o filho. Sentou na beira da cama e começou a acariciá-lo, falando em voz baixa, como se ele fosse um bebê. Perturbado, Maurício desviou os olhos.

— Eu já ia andando mesmo — repetiu. Caminhou até Bruno e apertou-lhe a mão. — Até logo. Espero que tu melhores.

— Apareça sempre — disse o pai. — E traga alguma coisa sua pra gente ler. Bruno disse que você escreve muito bem.

A empregada acompanhou-o até a porta. Com alívio e as orelhas ardendo, saiu. Começou a caminhar. De repente lembrou da primeira vez que tinham se encontrado, ele e Bruno. A noite estava caindo também, e também tinham acontecido aqueles mesmos vácuos de silêncio. Desviou-se das meninas que brincavam de roda. Vistas de perto eram feias, magras, desafinadas, sem graça. "Por que é tudo tão imundo e tão difícil, Maurício? Hein, Maurício, me diz, por quê?" Sacudiu os ombros como para livrar-se da resposta. Mas havia os silêncios. E as vontades estranhas, carinhosas, sem nome, proibidas.

Maurício parou na beira da calçada, olhou para a janela de onde vinha uma luz baça, filtrada pelas cortinas. Atrás delas, deitado numa cama, um rapazinho de cabelos louros e olhos azuis assustados repetia aquela frase que encontrava eco dentro dele: "Eu tenho medo, Maurício, eu tenho muito medo".

Ficou parado no cais enquanto o navio se afastava, lento. Quando não conseguia mais enxergar a figura de Bruno, perdida entre as dos outros passageiros, começou a andar em direção ao centro da cidade.

No meio do caminho, voltou-se. Acenou outra vez, como se ainda pudesse ser visto. Riu do próprio gesto, passou a mão na face, no lugar onde dona Cristina o beijara. Vergonha e orgulho, misturados com rubor. Caminhava tão devagar que as pessoas esbarravam nele sem se desculparem, como se tivessem acumulado muita energia durante o embarque dos parentes e precisassem agora descarregá-la. Voltou-se outra vez para olhar o navio. Era difícil imaginar que Bruno estivesse lá dentro, confinado naquele limite branco e estreito que cada vez se diluía mais no horizonte, entre as ilhas do Guaíba.

Mas não estava triste. Era como se de repente tivesse percebido que vivia, e que aquilo nada mais era do que um capítulo, uma etapa. Enfiou as mãos nos bolsos, teve vontade de cantar. Uma canção qualquer, mas calou. A voz sairia fina ou grossa? Talvez aquela ridícula mistura dos tons, com súbitas quebras. "Como sou ridículo, como sou ridículo", pensou, com nítida consciência de seu rosto cheio de espinhas, das mãos grandes demais, do buço cerrando, os gestos desajeitados como os de uma marionete de cordões arrebentados.

Um homem empurrando um carrinho de pipocas passou por ele. Pensou em chamá-lo, desejo súbito fazendo cócegas na boca. A voz o deteve: como sairia? Na hora de responder à chamada, na escola, era horrível. Nos últimos tempos Bruno respondia por ele. Agora Bruno se fora, não era amigo de mais ninguém e todos os outros ririam dele. Como sou mesquinho, pensou: é só por isso que lembro de Bruno? Sacudiu os ombros, perdoando-se. Dia a dia ia se acostumando com suas pequenas mesquinharias.

Começou a descer as escadas. Embaixo, voltou-se para ver a mulher que vinha atrás. Assim, de baixo para cima, podia ver as coxas roliças reveladas pelos passos largos. Um desejo súbito atravessou seu corpo. Fechou os olhos, apertou os punhos, cerrou os dentes. Era a essa espécie de sujeira que Bruno se referia? Os sentidos desenfreados que galopavam pela cabeça, à noite, as ardências, o sexo duro apertado contra os lençóis que amanheciam molhados. Lembrou dos desenhos nos livros de anatomia, examinados na biblioteca do colégio, das palavras desconhecidas nos dicionários, os livrinhos pornográficos passados de mão em mão nas aulas monótonas. Lembrou das horas em que se trancava no banheiro ou no próprio quarto, sem resistir àquela onda morna que inchava, lembrou e mordeu os lábios, tentando olhar para fora.

O crepúsculo vítreo da primavera não ajudava. Havia cheiros no ar, vento morno espalhando pólen. A cabeça estalava, as espinhas ardiam — e no entanto dona Cristina as beijara sem repugnância. "Será que ainda tenho salvação?", perguntou-se, estacando à frente da estátua no meio da praça. A figura de pedra erguia no ar a espada, triunfante. Maurício riu: "É fácil erguer uma espada com tanta convicção quando se é de pedra, assim".

Sentou num banco. Os canteiros estavam cheios de flores, havia roxuras intensas na copa dos ipês. Dava uma moleza no corpo e aquela vontade de fazer — fazer o quê? Não sabia, então recostava o corpo no banco, à espera de uma resposta. Que não vinha. Espalmou as mãos sobre as coxas, observou os vagos contornos das veias se ramificando sob a pele. E havia os pelos, recentes, leves, começando a adensar-se. Crispou as mãos com ódio: impossível esquecer do próprio corpo, que a cada dia se impunha com mais violência. A cada dia exigia mais atenções, expandia-se feito gota de tinta sobre uma folha de jornal. Não conseguia esquecer, por um minuto, da existência do corpo.

E aquele ódio surdo, contra tudo e todos. Aquele ódio às vezes recolhido por dentro, como um animal selvagem, trancado no quarto o dia inteiro, sem fazer nada, sem pensar nada, concentrado em odiar um ódio puro, que se acumulava sem encontrar um objeto onde pudesse descarregar-se. Apertou a perna por cima do tecido das calças, até as unhas ferirem a pele. Ah, e aquela vontade de magoar a si mesmo, ele, que magoava tanto os outros. A vontade de destruir-se para provar que se pertencia, que aquela caixa com dois braços e duas pernas era o seu corpo e poderia fazer dele o que bem entendesse. Mas provar a quem, e para quê? Ah, era o desejo de chorar baixinho e de rir feito louco, e por trás de tudo isso era o desejo nem de um nem de outro — apenas o desejo. Era o desejo. Levantou do banco.

"Não virá", pensou sem querer. E surpreendeu-se, não esperava ninguém. Ninguém viria. Talvez um dia, quem sabe. Alguém, algum dia. "Não virá", repetiu. Depois pensou em Bruno, que se afastava, levado pelo navio. Parecia que tudo aquilo tinha acontecido havia muito tempo, que não houvera solução nem resposta para nada. Ninguém, nada, nunca. As palavras presentes em todas as frases, com uma fatalidade um tanto cômica. Então, de repente, sem pretender, respirou fundo e pensou que era bom viver. Mesmo que as partidas doessem, e que a cada dia fosse necessário adotar uma nova maneira de agir e de pensar, descobrindo-a inútil no dia seguinte — mesmo assim era bom viver. Não era fácil, nem agradável. Mas ainda assim era bom. Tinha quase certeza.

Diário VII

21 de maio

Hoje, sem motivo, lembrei de Edu. Do tempo em que eu era criança e só o via durante as férias. Como ele era superior aos outros, como era mais puro. Tenho a impressão de que Edu poderia me ajudar — e muito — se morasse aqui. Mas não mora, eu tenho de me arranjar sozinho.

Fui ao cinema à tarde. Entrei sem olhar os cartazes, sem saber o nome do filme. Era um western, um bangue-bangue horrível. Detesto. Acho tão idiota aquele bando de homens a correr o tempo todo, trocando tiros, num tempo que já não existe mais, num outro país, sem nada a ver com a nossa realidade. Mas o pior não foi isso: encontrei um colega de aula e fui obrigado a suportá-lo durante duas horas. Uma dupla tortura, não sei qual a pior. Roberto, chama-se ele.

Odeio pessoas ignorantes. Me sinto mau por não conseguir gostar de todo mundo, mas é o que sinto. Os ignorantes, os vaidosos, os usurários, os pedantes. Detesto tudo que é afe-

tado, detesto quem não se busca. Quem se acostuma a viver, da mesma maneira como se acostuma a dormir ou comer. Viver fica uma coisa automática, pouco importa se boa ou má, vazia ou não. Basta viver, como uma obrigação da qual não se pode fugir.

Por isso admiro os suicidas. São pessoas que conseguiram descobrir alguma coisa de si mesmas, apenas não tiveram coragem de enfrentar essa descoberta. E como se ela lhes desse vertigens, deixaram-se despencar no abismo. Mas são mais dignos do que esses que simplesmente se amoldam, sem exigências, sem perspectivas, mas também sem queixas. Lógico, se não pedem nada, queixas de quê? Roberto me deixou pensando que não é possível amar todas as pessoas, se pensarmos em cada uma delas como uma individualidade. Podem-se amar as massas, as grandes massas humanas sem feições, nem formas, nem cheiros — sem as palavras vazias de quem sequer tem a consciência de ser uma pessoa.

Fico me debatendo entre essa ideia e a de que todas as pessoas são iguais, sem conseguir me decidir por nenhuma delas. Pois se cada pessoa faz a si mesma, se é ela quem escolhe entre ser um rebelde ou um medíocre, entre ser culto e um ignorante a vida inteira — se é assim, então não vejo possibilidade de "amar" todos. Cada um é plenamente responsável por aquilo que é? Mas sei, há os problemas sociais, existem oportunidades diferentes para quem nasce numa favela e para quem nasce numa família burguesa.

Fiquei com certo sentimento de culpa por ter tratado mal o Roberto. Fui frio com ele, respondi por monossílabos ao que me perguntou. E só mesmo por ser tão idiota não percebeu que eu estava fazendo tudo para que me deixasse em paz.

Sei que tudo isso é tremendamente confuso, incoerente. São sentimentos que absolutamente não combinam entre si, é preciso optar por uma ou outra forma de pensar. Não sei, dependendo do momento e da pessoa, penso de uma maneira diferente. Tenho vontade de viver só, ser autossuficiente, dispensar o auxílio de qualquer pessoa — e também vontade de conhecer todo mundo, ajudar, ser ajudado. Dividir.

Não há uma verdade única. Há uma verdade por dia, ou pior ainda, mais complicado: uma verdade por hora, às vezes até mil verdades num minuto. Quando a gente hesita entre fazer e não fazer determinada coisa, e se debate no meio de conceitos encravados no cérebro, no meio de ideias próprias e alheias, recusas e aceitações — labirintos de verdades que não mostram as faces, mesmo depois do ato feito.

Não sei se será possível à gente escolher as próprias verdades, elas mudam tanto. Não só por isso, nossas verdades quase nunca são iguais às dos outros, e é isso que gera o que chamamos de solidão, desencontro, incomunicabilidade.

Talvez a maneira como me debato seja natural, e até positiva. É possível que eu parta daí para um conhecimento maior de mim mesmo. Então estarei livre. Acho que meu mal sou eu mesmo, esses círculos concêntricos envolvendo o centro do que devo ser. Mas só poderei me aproximar dos outros depois que começar a desvendar a mim mesmo. Antes de estender os braços, preciso saber o que há dentro desses braços, porque não quero dar somente o vazio. Também não quero me buscar nos outros, me amoldar ao que eles pensam, e no fim não saber distinguir o pensar deles do meu.

Criar alguma coisa, como eu queria. Novos mundos, outras vidas. Não para fugir dos meus, mas para projetá-los em outros, para enriquecê-los e descobri-los. Mas quando sento em frente ao papel em branco, o que aparece nas palavras é só eu, eu e mais nada. E o papel em branco parece uma boca escancarada, mostrando os dentes, rindo da minha pretensão. Ao mesmo tempo, alguma coisa em mim não consegue desistir, mesmo depois de todos os fracassos. E tento, tento. Falta gosto de carne, cheiro de suor nos personagens que invento. Não desisto. Um dia, um dia, quem sabe? Pode ser que esteja no escrever a resposta de tudo o que persigo.

Acreditar, só preciso acreditar um pouco mais em mim.

A volta

Antes de abrir a porta, Maurício sentiu o movimento incomum dentro de casa. Hesitou um pouco, depois abriu devagar. A mãe segurou seu braço, excitada:

— Maurício, tu nem imaginas, uma surpresa: adivinha só quem está aí.

Atordoado, ele largou os livros sobre a mesa.

— Quem? Tia Clotilde? Maria Lúcia? — perguntou. Mas não era preciso ouvir a resposta: uma figura conhecida avançava por trás da mãe.

Os braços o apertaram com força, enquanto a boca dizia coisas que soavam alegres. Assim, esmagado contra aquele corpo, não conseguia enxergar suas feições. O que sentia era um vago nojo — não do outro, nem de si mesmo, mas do contato suado e exausto entre os dois.

— Puxa, como você cresceu, menino. A última vez que te vi, você ainda era um garoto chato, cheio de perguntas. Está um homem.

Na cara gorda, coroada por cabelos claros e ralos, somente

o azul dos olhos conseguira vencer o tempo. Confuso, Maurício baixou os olhos para os dedos de Edu, mas logo tornou a erguê-los. A aliança apertava um deles, como uma mulher gorda com cinto justo demais. A mãe girava em volta, dando explicações, jogando-os um para o outro.

— Mas a gente não estava te esperando, Edu — Maurício falou. — Mamãe pensou que só vinham tia Clotilde e Maria Lúcia. Que foi que te deu?

— Nada demais. Vontade de vir também. Fazia um bocado de tempo que não via vocês. — Esfregava as mãos, de vez em quando dava palmadinhas amigáveis nas costas de Maurício. — Mas e você, o que tem feito? Faculdade? E como vão os estudos?

Não esperava pelas respostas. E não o olhava nos olhos. Maurício apenas sacudia a cabeça, numa mistura de confusão, impaciência — e náusea, a náusea continuava. Tia Clotilde chegou por trás, abraçou-o.

— Maurício, como é que vai você?

A voz estridente, as mesmas perguntas, os abraços, as respostas falsas, o constrangimento.

— Bem, tia, muito bem. E a senhora, como foi de viagem? Mamãe já estava preocupada, achando que não vinham mais. E Maria Lúcia, não veio?

Então, como uma atriz que aguardasse a deixa para entrar em cena, a prima surgiu de repente do interior do apartamento. Estendeu a mão sem nenhuma palavra, e ele teve vontade de sorrir ao lembrar da menininha de fita esfiapada que insistia: "Deixa eu brincar também, deixa?". Agora, parecia pedir para brincar de adulta: "Deixa, Maurício, deixa? Só um pouquinho". E apertava a mão que ele estendia. "Estou de mal com você por toda a vida! Vou contar pra sua mãe e ela vai lhe dar uma bruta surra!" Mas ele sorria, aceitando-a em seu papel de gente grande, e ela sorria também. Maria Lúcia parecia a única coisa autêntica naquela encenação toda. Examinou-a disfarçado, e surpreendeu-se ao perceber que não correspondia à ideia que fazia dela. Os olhos grandes eram sérios, escuros, quietos. Os cabelos lisos divididos ao meio, caídos pelas costas, a boca de cantos um pouco duros não sugeriam superficialidade. Magra, longa, era bonita de um jeito estranho, como se não se importasse com isso e fizesse o possível para dar a impressão contrária.

A mãe observava o silêncio dos dois. Parecia preocupada, à espera de que ele a ferisse de alguma forma. Encarou-a rapidamente e leu nos olhos dela: "Maurício, por favor, não". Resolveu concordar, menos por bondade do que pelo gosto de surpreender. Os outros também pareciam esperar que ele fizesse ou dissesse alguma coisa incômoda. Desconfiou que a mãe já andara distribuindo suas confidências, espalhando lágrimas e queixas. Disse:

— Como vai, Maria Lúcia? Tudo bom?

— Tudo bom — ela respondeu sem sorrir.

Houve como que um alívio descendo sobre os outros, que começaram a agitar-se outra vez. A mãe arrastou a irmã para a janela, derramando mágoas reprimidas. Maria Lúcia sentou-se no sofá, folheando uma revista. Ele parou por um momento no meio da sala sem saber o que fazer. Por trás da janela, era maio, havia sol e vento, algumas folhas caídas de algumas árvores — então teve vontade de precipitar-se para a porta, sair novamente para a rua. Estava ainda ofuscado pelo excesso de luz, e tudo ali dentro parecia diluído e sombrio. Eduardo o salvou, tomando-o pelo braço.

— Então, rapaz, como vai a vida?

Eduardo dizia exatamente as coisas que devia dizer. Encarou-o desanimado, e lembrou de uma conversa, certo dia, à hora da sesta, no tempo em que Edu era um herói. Teve quase ódio do primo. Por que havia voltado? Por que não continuar para sempre aquele Edu da memória? No mesmo tom desinteressado, respondeu:

— Vai se indo...

— ... como Deus quer — tentou completar Edu.

— Deus? Deus não tem nada a ver com isso.

Eduardo olhou-o surpreso. Certamente, pensou, o primo não esperava que ele tivesse ideias próprias e, menos ainda, que se atrevesse a demonstrá-las. "Quero mostrar", pensou, "quero mostrar a ele e aos outros. A todos." Não sabia exatamente o que queria mostrar, mas encolhia-se numa defesa eriçada, prestes a atacar. Sentiu que Eduardo hesitava entre levá-lo a sério e zombar. Mas quando o primo voltou a falar, viu que estava demasiado surpreso para conseguir enfrentá-lo. Limitava-se a perguntar, sorrindo ainda:

— Hum... não me diga que você virou ateu.

— Por que não?

Ateu, comunista, eram coisas que chocavam facilmente, e não tinha medo de recorrer a elas quando queria chocar. Só mais tarde, sozinho, refletia que aquelas coisas não eram somente palavras às quais podia recorrer para defender-se daquela massa sempre pronta a julgar e a rir, que formava "os outros". Eram maneiras de ver o mundo, convicções.

Olhou pela janela. Estava perturbado, e odiava estar perturbado. Queria sentir-se superior a todos eles. "Comecei mal", pensou. "Estou agindo como uma criança."

A cabeça baixa, Eduardo esperava a nova agressão. Maurício foi até a mesa, apanhou os livros. Ao passar por ele, disse:

— Com licença, vou lavar o rosto. Depois volto pra gente bater um papo.

Foi até o quarto, atirou os livros em cima da cama. Depois entrou no banheiro, abriu a torneira, deixou a água escorrer pelos pulsos. "Edu, Edu", repetiu em voz baixa. Mas a imagem da

memória era a do rapaz esguio, de olhos azuis e dedos longos —
não a do adulto quase calvo, cheio de banhas incipientes e palavras convencionais. A imagem da memória trazia também uma
tarde perdida no tempo, de contornos esmaecidos pela névoa
dos anos. Havia uma mancha de sol, um quadro e um cavaleiro
que chamava — mas não, isso fora depois. Os detalhes mistura-
vam-se, sem cronologia. Mesmo assim, houvera um quadro, um
quadro e duas frases: "Sabes o que é uma burguesia decadente?"
e "És o único que tem possibilidades". Mas havia grandes vazios
que o pensamento não preenchia, e o que restava eram imagens
vagas, palavras soltas, gestos indefinidos.

A água escorria pelos braços, Maurício desejou que ela levas-
se também o desencanto junto com a poeira. O cheiro do sabonete subiu até as narinas, como se prometesse deixar tudo limpo,
tudo cheiroso. Mas a memória continuava a dar voltas, trazendo
lembranças que pareciam papéis voando num dia de vento norte.
Então ergueu a cabeça para ver-se refletido no espelho. Aproxi-
mou mais o rosto. Visto de perto, formava apenas um conjunto
de poros demasiado abertos, algumas espinhas, fios de sangue
quase imperceptíveis nos olhos, pontos de barba nascendo. Não
reconhecia como seu aquele rosto. Afastou-se alguns passos, o rosto reintegrava-se em sua aparência cotidiana. Parecia mais limpo,
mais belo e até mais rosto visto de certa distância.

Talvez, pensou, talvez o tempo tivesse agido da mesma maneira com a imagem de Edu, deformando feito o espelho. Mas
não — o Edu de agora era gordo, quase calvo, a aliança aperta-
da como cinto no dedo, o cheiro de suor, alguns dentes postiços
que só se mostravam quando ele sorria —, esses eram os traços
que formavam o Edu de agora. O antigo não existia mais. Maurício sacudiu a cabeça: "Não existe mais", repetiu, "não existe
mais". Depois completou: "Como isso que sou agora também
não existirá mais um dia". E assim todas as coisas, e todas as pes-

soas — isso era o tempo, o tempo que deformava e apodrecia tudo, todos.

A água continuava escorrendo. Teve vontade de chorar, resistiu. "Não por esse sujeito", pensou. Pelo outro, pelo Edu que desaparecera, talvez. Mas aquele, o antigo, já estava morto havia muito tempo. Qualquer lágrima, qualquer pensamento, qualquer flor seriam inúteis. A água escorria, o ruído enchia o banheiro, os ouvidos, o peito. A tarde antiga ainda espreitava, guardada na memória. De repente a voz da mãe atravessou a porta:

— Maurício? Está na mesa, vê se te apressa.

Mentalmente, ele traduziu: "Vê se finge ter um pouco de educação, pelo menos na frente das visitas". E responderia: "Claro, claro, mamãe. Mas só fingindo mesmo, porque eu não me eduquei sozinho: tudo o que tenho me foi dado por vocês". Ela baixaria a cabeça sem dizer nada, as mãos cruzadas sobre o ventre, um imperceptível tremor nos lábios. E ele ficaria só. Com raiva e nojo e orgulho e medo de si mesmo. Enxugou as mãos, saiu do banheiro.

Quando entrou na sala de jantar, a primeira pessoa que viu foi o pai, na cabeceira da mesa. Olhou para ele com ironia, imaginando que deveria estar caprichando em gestos e palavras para impressionar bem "os parentes que vinham do Rio". Para o pai, o Rio era uma terra estranha, onde as mulheres andavam quase nuas e dormiam com os maridos das outras mulheres, enquanto estas dormiam com os maridos delas. E os maridos também não se importavam, andavam também meio nus e falavam daquele jeito que não era jeito de macho que se preza. Uma terra estranha, onde ninguém trabalhava e todo mundo só procurava o prazer. Uma terra onde se pronunciava — pior ainda, praticava-se — sem o menor pudor a palavra *sexo*. Na cabeceira da mesa, o pai era um gaúcho sólido desprezando aquelas *depravações*, mas, ao mesmo tempo, empenhado numa luta difícil com as palavras.

Como um menino pobre invejando e desprezando os brinquedos de um menino rico, justamente por serem do outro. Maurício puxou a cadeira, ouvindo a voz de tia Clotilde:

— Ah, mas que fartura de carne, mana. No Rio é uma dificuldade, você nem imagina. Eu por mim não me preocupo, nem pelo Jorge, já estamos acostumados. O que me dói é a Lucinha, tão magrinha, pode ser que engorde uns quilinhos por aqui. — Olhava para a filha, pedindo aprovação, mas Maria Lúcia comia silenciosa, os cantos dos lábios ainda mais endurecidos, a cabeça baixa. A tia pulava para outro assunto: — Imagine que o Eduardo embestou, simplesmente embestou de vir com a gente. A esposa não queria deixar, teve que ficar sozinha com as crianças. Mas ele insistiu, insistiu, até que veio. — Era o olhar de Eduardo que ela procurava agora, e como este a acolhia, continuava no mesmo assunto, a voz feito o arranhar de um prego num sino.

— Pois é, eu estava de férias. Resolvi aproveitar — Edu explicava. — Afinal, fazia séculos que não via vocês.

— E as crianças, como ficaram? São dois, não são?

— Ficaram bem, são sadias, graças a Deus. É um casalzinho. O maior tem sete anos, já está no colégio.

— Que amor! — A voz da mãe vinha arrepiada de ternura, incitando Eduardo a continuar a narrativa dos prodígios do filho.

— Gosta de ler, vive fazendo perguntas, não para um instante.

Grave, a voz do pai:

— É, vai dar um bom piá.

Em segundo plano, tia Clotilde investia:

— Ah, eu adoro aquelas crianças. Vocês precisavam ver como são inteligentes e boazinhas e educadas e…

Os adjetivos prosseguiam, pontilhados por exclamações, gritinhos e sorrisos. Aborrecido, Maurício tentou desligar-se. Mas a voz da tia era incisiva, penetrante, perfurava o cérebro. Virou o rosto para o pai, e viu o mês de maio que se estendia atrás da janela.

Edu estendia-lhe um prato:

— Quer mais arroz?

— Não — respondeu seco, como se recusasse não apenas a comida, mas o ritual.

— Você está magro, rapaz. Precisa comer mais um pouco.

— Não tenho fome.

Um apelo brilhava nos olhos da mãe. Tia Clotilde não percebia nada:

— Ih, esse sofre do mesmo mal que a Lucinha. Até são parecidos os dois. Olha só, mana, se não são mesmo.

Os olhares subitamente voltaram-se para ele e Maria Lúcia. Os olhares dos dois se encontraram, com o mesmo pedido de desculpas.

— O mesmo cabelo liso, os olhos escuros, esse jeito de falar pouco — idênticos.

— Engraçado, eu ainda não tinha reparado. São parecidos mesmo.

— Aquele jeitão do avô, não tem nem dúvida.

O avô resumia-se a um retrato coberto de poeira, algumas palavras choramingadas em certos dias, um punhado de flores escolhidas no dia de Finados. Com a ponta da faca, Maurício riscou a toalha. Sem querer, bateu no copo de vinho: a mancha roxa espalhou-se devagar, como se não quisesse manchar o branco do tecido. Ouviu o gritinho da tia, ao mesmo tempo que sentia o olhar fulminante do pai e desviava-se da mãe, que secava a mancha com um pano.

— Sobremesa: doce de batata.

Agora o grito era de Edu:

— Oba! Há quanto tempo.

À *la recherche du temps perdu*, Maurício pensou com ironia. E lembrou das criadas da fazenda colocando e tirando infindáveis pratos, o vestido preto da avó na cabeceira da mesa, sacerdotisa de um ritual primitivo. O leitão com um ovo na boca, no dia de Natal; o peru recheado, pernas erguidas para o ar; as galinhas gordas, nos dias especiais em que alguém fazia aniversário; as sobremesas que nasciam do tacho de Luciana, comprado dos ciganos, depois de um dia inteiro de chiados e pulos. Naquele tempo, as conversas tinham um gosto quase tão bom quanto a comida. Depois, a sesta prolongada, o silêncio invadindo a casa até o meio da tarde. Olhou para Edu, sentiu pena. Ele viera buscar todas aquelas coisas outra vez, e o que encontrava era um bando de pessoas sem graça, falando encabuladas palavras sem nenhuma importância.

Era o gosto do doce de batata, pensou, que provocava os outros gostos. "O doce perguntou pro doce qual era o doce mais doce de todos os doces e o doce respondeu pro doce que o doce mais doce de todos os doces era o doce de batata-doce", as palavras de Luciana eram ritmadas como uma canção. Ele tentava repetir, perdia-se, Luciana dizia de novo. Ele tornava a tentar, nunca conseguia. Luciana era a mulher mais inteligente do mundo.

Afastou o gosto e as lembranças com um gole de leite. Olhou para a mancha de vinho, onde uma mosca se debatia. Na outra ponta, a prima. Espiou-a entre as pálpebras apertadas: os cabelos lisos compridos escorregavam para o rosto quando ela se curvava até o prato. Então atirava-os para trás, num movimento automático. Analisou o rosto que diziam ser parecido com o seu. Não, não era bonito — mas havia certa suavidade nos traços, que parecia ocultar força e decisão. Uma suavidade mais semelhante a paciência e contenção. Teve vontade de chegar até ela, olhá-la nos olhos e perguntar: "Tu te lembras, Maria Lúcia?". Não importava qual fosse a lembrança, nem importava sequer que não houvesse uma lembrança específica. Bastava que ela sacudisse afirmativamente a cabeça — sim, Maurício, me lembro — e ficasse pensando numa tarde ou numa manhã longínquas em que tivessem brincado juntos.

— Maurício, amanhã tu podias sair com a tua prima para mostrar a cidade, não? — a voz da mãe sugeria, trazendo junto um pedido de desculpas.

— Amanhã não posso. Tenho prova de latim.

— Latim é fumeta — disse Edu.

Tia Clotilde começou uma longa dissertação sobre as dificuldades que Maria Lúcia tinha com latim. Edu colocou em dúvida a utilidade do estudo de uma língua morta. Distante, Maria Lúcia enrolava nos dedos uma ponta dos cabelos. Nos olhos do pai e nos da mãe continuava impressa a pergunta: "É mesmo preciso, meu filho?".

Os pardais de Lésbia, pensou, as joias de Cornélia. Pediu licença, levantou e afastou-se quase correndo em direção ao quarto.

Diário VIII

22 de maio

A derrubada dos ídolos. Quatro palavras lidas não sei em que livro, não sei em que tempo, não me saíram da cabeça durante o dia todo. É nisso que me faz pensar a chegada de Edu. Quando vi aquele sujeito gordo e chato não consegui relacioná-lo com o Edu da minha infância. Senti raiva dele — deste de agora, porque o antigo era alguém que eu tinha idealizado. Tinha posto de lado na memória. Pronto: uma meta a alcançar. Era a única coisa a que eu me apegava quando me perguntava vagamente o que queria ser um dia. Na verdade, o que eu queria ser não chegava a se definir, mas havia o como eu queria ser. Igual a Edu. Era alguma coisa.

A figura gorda que me perguntou "como é que vai a vida" não é mais o Edu de antes, não é o que eu quero ser. Fiquei durante muito tempo trancado no quarto hoje. E tive que lutar várias vezes contra o desejo de chorar. Ainda estou lutando.

Não vou chorar. Esse homem gordo em que Edu se transformou não merece ser chorado por mim.

Então me vem o medo, a dúvida, a pergunta: será que eu também ficarei assim? Edu era revoltado, achava ridículas as reuniõezinhas familiares, falava em "burguesia decadente" — que eu não sabia direito o que era, mas gostava porque fazia tio Pedro ficar furioso. Nas férias, quando ele vinha, lia livros em língua estrangeira — francês, acho. Um dia, some, mas permanece intacto na minha memória: lendo seus livros estrangeiros, repetindo suas palavras bonitas. Agora volta. E volta desse jeito, falando na mulher, nos filhos "geniais", falando em bois e marcas de cigarro com papai, discutindo futebol: igual a todos. Me pergunto o que poderá ter acontecido para modificá-lo assim. Forjo desculpas melodramáticas, lugares-comuns — "a luta pela sobrevivência", "o peso do cotidiano", "a carga das responsabilidades". Mas não me satisfazem. Nenhuma luta haverá jamais de me embrutecer, nenhum cotidiano será tão pesado a ponto de me esmagar, nenhuma carga me fará baixar a cabeça.

Quero ser diferente. Eu sou. E se não for, me farei. Não vejo sentido em viver uma vida dessas: uma mulher provavelmente chata como ele, dois filhos iguais a milhões de crianças pelo mundo afora — e todas vaticinadas: "Esta será um gênio". Crianças que depois crescem, e enquanto crescem os pais vão limitando seus sonhos: "Não será um gênio, mas será milionário. Não será milionário, mas viverá com facilidade. Não viverá com facilidade, mas será um homem de bem". Dificilmente chegam a admitir esta última frase, mas na maioria dos casos ela serviria: "Não será um homem de bem, será um medíocre". E essa turba de genialidades frustradas gerará outros geniozinhos que passarão pelo mesmo processo, para darem origem a mais uma série de medíocres. E assim pela vida afora, que são isso as gerações.

Meus pais decerto me veem do mesmo modo. Em que grau estarei? Já terei caído na sua escala de valores até o ponto de ser chamado de medíocre? Talvez, mas isso não me importa. Não deve me importar. Eu é que tenho que me fazer, eu é que devo saber se sou medíocre ou não. A opinião alheia não importa. Se por enquanto ainda me debato com isso, se às vezes ajo de maneira contrária a meus pensamentos, um dia me libertarei de tudo isso. Mas não depende só de mim. Posso assumir atitudes na frente dos outros, tentar passar a impressão de "evoluído", de "moderno e sem preconceitos". Quando fico sozinho, é o meu rosto que me olha do fundo do espelho. Antes de ficar só, me livro de todos os outros rostos, fico apenas com o meu — um rosto indefinido, de traços ainda vagos, como aqueles fantoches que eu fazia com papier mâché, sentindo prazer em desenhar-lhes feições com a espátula, fazê-los homens ou mulheres, feios ou bonitos, corajosos ou covardes.

É tempo de me fazer, eu sei. E sei que é bom ser ainda indefinido. Pelo menos as deformações não calaram fundo, não se afirmaram em feições. É bom, sim, mas ao mesmo tempo é terrível. Porque me vem o medo de estar agindo errado, de estar gerando feições horríveis, que mais tarde não sairão com facilidade. Não, não é fácil ser a gente mesmo da cabeça aos pés, da unha do dedo mindinho até o último fio de cabelo. Por isso, não posso condenar Edu, não posso condenar meu pai nem minha mãe, nem qualquer outra pessoa. São apenas seres que ficaram no meio do caminho, que não tiveram força suficiente para ir até o fim. Não tiveram, quem sabe, consciência de que estava em suas mãos fazer a si próprios. E se deixaram esmagar pelo tempo, pelos outros, pela sociedade, como meu pai e minha mãe. Como Edu. Mas eu terei força, essa força e essa lucidez que faltaram a eles. Terei vontade. Consciência já tenho, e esse é o primeiro passo. Não sei quais serão os outros, mas saberei dá-los.

Parei um pouco, reli o que escrevi. Uma confusão. Não consigo expressar direito o que sinto, e sinto em forma de calor por dentro, irritação, mal-estar quase físico. Estou perturbado. Foi a chegada de Edu, de tia Clotilde e Maria Lúcia. Várias coisas me despertam esses sentimentos, essa vontade de lutar contra alguma coisa que ainda não veio, ou que talvez veio, veio já, mas eu não a sinto porque ela não se mostra. Seu método de luta é subterrâneo, entrincheirado. Ah, alerta, preciso estar alerta para que não me aconteça o que aconteceu a Edu.

Maria Lúcia me surpreende. Não digo que seja uma surpresa agradável. É uma surpresa sem adjetivos, porque ela simplesmente não corresponde ao que eu havia imaginado. Fica calada o tempo todo, lendo, enrolando nos dedos as pontas dos cabelos, olhando pela janela. Quase não nos falamos, não sei como ela é. Fiquei arrependido de mentir que ia estudar latim para não precisar sair com ela. Pensei em pedir desculpas, mas desisti. Deve ser mesmo uma chata, não tenho por que me preocupar com ela.

E, no entanto, me preocupo. Com ela, com Edu, com tia Clotilde, me preocupo com todos, me vem uma vontade louca de "salvá-los". Salvá-los de quê? Tirar-lhes essa personalidade que vestem, feito roupa, e dar-lhes o que em troca? Ah, essa vontade idiota de fazer os outros antes de sequer ter feito a mim próprio. Vontade que não leva a nada, não traz nada, a não ser, mais uma vez, a vontade lenta de chorar. Chorar porque tudo é errado, porque as pessoas não querem ver dentro de si mesmas, e eu não posso fazer nada por elas, e provavelmente nem por mim mesmo.

O passeio

"*Erant omnino itinera duo, quibus itineribus domo exire possent; unum per Sequanos, angustum et difficile, inter montem Juram et flumen Rhodanus...*" Maurício afastou para longe livros e cadernos, misturando-os aos papéis que enchiam a mesa. Afinal, pensou, teria sido mais agradável sair com a prima.

Olhou o relógio. A tarde no início, a noite ainda não viera: um dia inteiro pela frente. Bocejou, atirando os braços para trás. O sol espalhava-se aos poucos por dentro do quarto, e seu lento avançar era uma espécie de convite mudo, insistente. Maurício empurrou a cadeira, aproximou-se da janela. Espiou sem ver a monotonia quieta do domingo, depois voltou-se para dentro, ficou ouvindo o silêncio. Pareciam todos mortos — e se estivessem? A ideia brincou preguiçosa na cabeça: e se estivessem todos mortos, se ele fosse o único ser vivo em toda a cidade? Tornou a olhar para fora. Não era preciso muita imaginação para sentir-se assim. A larga avenida desdobrava-se vazia até o viaduto; na praça deserta, a única presença viva era a dos plátanos, pequenos gigantes quietos. Os táxis pareciam abandonados no meio-fio, e a fila que até há pouco aguardava na frente do cinema da esquina tinha sido digerida pela sessão das duas. Apenas num edifício em frente alguém brincava de fazer reflexos com um espelho. Mesmo assim, o corpo e o rosto da pessoa permaneciam escondidos pelas cintilações dos raios de sol contra o vidro e, ainda assim, era como se não houvesse ninguém.

Subitamente, Maurício apanhou o casaco na guarda da cadeira e saiu do quarto pisando na ponta dos pés. "Estou me *esgueirando*", pensou, e a palavra tinha uma carga estranha e antiga de mistério. Lembrava passos muito leves, corpo apertado contra a parede, olhos esgazeados, respiração contida. E, sem querer, um esbarrão em algum móvel, um objeto qualquer despencando com estrondo no assoalho. Desviou-se cuidadosamente da mesinha com o vaso em cima, passou pela porta do quarto dos pais, depois pela porta do quarto de hóspedes onde estavam a tia e Maria Lúcia. Escutou um barulho diluído de vozes, coado pela madeira da porta. Pensou em deter-se, colar o ouvido à fechadura, mas isso era absurdo, e seguiu em frente.

Na sala estava Edu, estirado no sofá-cama, um jornal caído no chão. Os pés nus, de dedos grandes e unhas rosadas, voltados para o teto. A camisa desabotoada expulsava um punhado dos pelos meio grisalhos do peito, um dos botões da braguilha oscilava comicamente, suspenso por um fio de linha. As pálpebras fechadas escondiam o azul dos olhos. "A única coisa que restou", pensou Maurício. E deteve-se. Contudo, foi pensando, contudo havia ainda certa dignidade, até mesmo certa beleza no corpo grande abandonado sobre o sofá. Ele não podia esquecer que aquilo um dia fora Edu, que aquilo um dia fora Edu, um dia, aquilo fora, Edu, não podia esquecer — não podia esquecer Edu. Ficou repetindo os pedaços da frase enquanto apertava o botão do elevador. Mas eram já palavras sem sentido quando o elevador parou. Apertou o botão com a letra tê destacada contra o fundo branco, e disse alto:

— Térreo.

Era estranha a sensação de ouvir a própria voz ressoando dentro da caixa de madeira que descia. Leu os palavrões encravados nas paredes. O canivete ferira fundo, como se a pessoa estivesse realmente furiosa e convicta do que escrevia. Tornou a falar alto:

— Merda.

Mas o elevador já parava, e ele era empurrado para longe dos dois corações entrelaçados em meio aos nomes feios: Geraldo e Elizabeth. Embaixo, uma data, um dia qualquer, quando um casal certamente havia se beijado ali dentro. Segurou a porta para a mulher que entrava, carregada de pacotes. "Um sobrevivente", pensou, alcançando a porta do edifício sem cumprimentar o porteiro que parecia dormir, debruçado no balcão.

Na calçada, o sol bateu com força na cabeça. Os olhos recém-vindos da semiescuridão vagamente úmida do elevador apertaram-se, reagindo à luz. Deu alguns passos meio tonto, depois parou e voltou-se, tentando enxergar a janela de seu próprio quarto. Não conseguiu localizá-la em meio a tantas e tantas vidraças e pastilhas idênticas. Precisou contar os andares, desde baixo, até chegar ao sétimo. Era lá, então. Apenas um retângulo insignificante, igual a dezenas de outros. No entanto, lá dentro estavam Edu, deitado no sofá-cama com o botão da braguilha suspenso, tia Clotilde e Maria Lúcia discutindo no quarto, o pai provavelmente dormindo e a mãe ao lado, com o ventre enorme. Lá estavam seu quarto, seus livros, seu diário — suas angústias e revoltas cotidianas como que guardadas nas paredes verde-claro. Mas perdidas, perdidas e insignificantes entre as inúmeras janelas do edifício. Humildade, pensou, seria humildade o que sentia? Recomeçou a caminhar. Subindo em direção ao viaduto, a avenida Borges parecia saída de um quadro ou de um filme. Imaginou que uma câmara, numa daquelas sacadas, acompanhava cada um de seus movimentos, e pisou com mais segurança.

Os cartazes do cinema mostravam mulheres nuas contra letreiros berrantemente coloridos e títulos espalhafatosos. Na esquina o sinal funcionava para ninguém, tentando disciplinar os carros que não passavam. Logo alcançou o viaduto, onde as sombras e o cheiro de urina sempre lhe davam a sensação de estar fazendo alguma coisa errada. Mas o que seriam essas coisas, as *erradas*? As mulheres nuas dos cartazes vieram à mente, cedendo lugar à imagem de Maria Lúcia e, ao mesmo tempo, à de Edu. Passou a mão pela testa, transpirava um pouco. Ah, se fosse possível livrar-se de ideias como de fios de cabelo caindo sobre os olhos... E havia a mãe, as mãos colocadas sobre o ventre crescido, os olhos baixos, a boca trêmula, naquele dia em que a surpreendera dizendo à empregada: "E se for menina vai se chamar Virgínia. Sempre tive loucura por Virgínias". Ele cortara a confissão pelo meio, ela calara-se imediatamente, fingindo que tossia. Agora aquela frase saltava novamente, seus passos a ritmavam contra o calçamento arrebentado. Sem-pre-ti-ve-lou-cu-ra-por-Vir-gí-ni-as-sem-pre-ti-ve-lou. O rosto da mãe misturava-se às palavras, um rosto envergonhado, como se "gostar de Virgínias" fosse um luxo excessivo a que ela não pudesse se permitir.

E seria menina? perguntou-se, sem pretender. A sua irmã, era difícil pensar isso. E se fosse, teria olhos verdes? Era fascinado por olhos verdes, como se as pessoas de olhos verdes nunca revelassem tudo, escondendo por trás daquela cor uma vida secreta, profunda, como a dos gatos. Seria bom ter uma irmã de olhos verdes chamada Virgínia?

Um casal de namorados cortou o pensamento. Eram feios e pobres, o vestido dela parecia desbotado, justo demais, os cabelos estavam duros de laquê e os dele empastados de brilhantina, penteados para trás, como um capacete. Mas caminhavam devagar, as mãos dadas. Na parede, o sol projetava a sombra de um único corpo, com duas cabeças monstruosas. Ele dizia alguma coisa no ouvido dela; a moça ria deliciada, atirando a cabeça para trás, um tanto exagerada, num gesto copiado de algum filme. Eram assim, os outros. Aqueles rapazes que paravam no meio-fio, encostados nos automóveis, soltando piadinhas para as moças que passavam. Não sentia raiva nem inveja, um certo alívio e só. Porque conhecia a maioria dos pensamentos existentes dentro de si e, embora o assustassem tanto que às vezes nem sequer lhes dava nomes, era bom caminhar a sós com eles. Estava no seu papel. Eles estavam nos deles. Isso trazia uma sensação que poderia, talvez, chamar de serenidade.

Serenidade, repetiu.

Mocinhas suburbanas passavam falando muito alto, em grupos aflitos. Havia também casais mais velhos, mais lentos. E casais de jovens, levando crianças pelas mãos, que davam uma espécie de pena. Pena como uma tristeza fina, sem palavras nem motivos aparentes. Tentou ouvir o que as pessoas diziam, seria divertido caminhar assim, à toa, com um gravador.

— Quem, o Paulo Alberto? Mas ele não quer nada com ela, minha filha.

A mocinha de vermelho sacudia a cabeleira loura, num gesto de desprezo, enquanto a morena arregalava os olhos:

— Mas eu jurava que estavam namorando.

Outras pessoas, outras conversas:

— Depois que a gente passa duma certa idade, tudo meio que perde a graça.

— De banana, não. Quero de creme, já disse. Duas bolas.

— Três a dois? Só se o juiz roubou.

— E de repente um dia ele se matou e não deixou nem um bilhete.

— Filme de correria não, prefiro então ir numa confeitaria.

— O dia está tão claro que dá pra ver as ilhas, lá longe.

— Quando eu morrer, eu disse, tu hás de ficar te rebolcando em cima da terra do meu caixão.

Na praça da Alfândega as árvores erguiam os grandes braços verdes para o céu. Pensou em parar, mas havia gente demais ali. Queria ficar só: água até perder de vista e um céu inteiro. Um céu que se espalhasse azul até encontrar a água, no horizonte, sem nenhum obstáculo.

A estátua amarela da mulher nua na rua da Praia parecia sustentar todo o peso da parte superior da casa nas costas. Os grandes seios derramavam-se pelo peito, as pernas entreabertas sugeriam um grande esforço, mas no rosto voltado para as pessoas lá embaixo desenhava-se um sorriso doce. E agora a igreja de portões entreabertos, as Dores, repetiu, a enorme escadaria que uma mulher vencia lentamente, de joelhos. Que milagre teria merecido o ferimento dos joelhos, as gotas de suor nascendo debaixo do lenço na cabeça, a boca contraída? A figura anônima, toda de preto, não respondia. Talvez nem ela mesma soubesse. Limitava-se a avançar penosamente em direção às portas escancaradas, uma imensa boca mostrando a garganta feita de vitrais. E agora era a rua dos Plátanos, estendendo-se até os armazéns amarelados, à beira do rio. Maurício não sabia o nome da rua. Bastaria erguer a cabeça e decifrar as letras brancas na placa azul-marinho da esquina, mas não queria saber. Chamando-a assim — rua dos Plátanos — era como se ela fosse só dele, de ninguém mais, e esperasse ansiosa por vê-lo passar. Olhou com carinho para as duas fileiras de plátanos em ambas as calçadas e, no meio, os quatro coqueiros de braços esfiapados. Uma tentação de sentar ali, na sombra que convidava. Mas queria ver água, água e céu, muito. Não o satisfaziam os retalhos de rio que apareciam ao longe, nas esquinas, nem os farrapos de céu entre os edifícios. Precisava vê-los inteiros, inteiros e azuis.

Duas prostitutas batiam com força na porta da casa que anunciava, em grandes letras verdes: *Comprasse e vendesse roupaz uzadaz.* E mais embaixo, em letras maiores: *Atendesse a do-*

missilio. Seus pés afundavam entre a grama que avançava calçada adentro, sem respeitar os velhos e enferrujados trilhos de bonde. As casas baixas de cores escuras pareciam cães de rabo entre as pernas. Cachorros magros, famintos, a observá-lo, sentados à beira do caminho. Os edifícios começaram a ficar para trás, o céu aumentava lentamente. Os portões da velha cadeia abriram-se para a rua. Maurício pensou que por ali haviam saído homens que tinham ficado durante muito tempo trancados lá dentro. Mas a cadeia estava destruída, e aqueles homens saindo devagar, a barba por fazer, um embrulho nas mãos, os olhos desacostumados à luz do sol, e aquelas mulheres esperando na calçada, a caminhar de um lado para outro, os filhos pelas mãos — esses homens, essas mulheres e crianças, eram lembranças mortas.

De repente, então, o céu e o rio se mostram inteiros, juntos, atrás da praça cheia de balanços e crianças. Maurício parou. O casaco pesava nas mãos, o corpo úmido de suor. Imagens entravam em massa pelos olhos, sem dar tempo de pensar, analisar, talvez sentir. A menina vestida de branco corria, fugindo da senhora de cabelos grisalhos, provavelmente vingando-se da longa clausura num apartamento. Um homem de terno amassado e chapéu gasto acariciava inutilmente as costas de uma mulata imóvel, vestida de preto, olhando o rio. O vento, ali, tinha um cheiro quase de mar. Acentuava as cores, meio obscenas de tão vivas, e os movimentos. Frementes, ele pensou, era uma palavra engraçada e era assim que tudo parecia: *fremente.*

Pedras pequenas, escuras, encravavam-se em seus sapatos. Atrás, a chaminé do Gasômetro ameaçava furar o céu, tão alta que sua ponta quase perdia-se no azul. Do outro lado do rio, as torres de televisão erguiam-se sobre a colina — eram sete, diziam, sete colinas verdes. Verde mais intenso era o da pequena ilha, recortada no horizonte. Maurício avançou. À medida que se aproximava do rio as pedras davam lugar a uma grama rala e suja, que depois cedia à areia grossa, onde confundiam-se papéis amassados, pedaços de tijolo, garrafas vazias. Na beira do rio, escurecidas pelas águas, espalhava-se uma infinidade de pedras redondas, carcomidas pelas marés.

Curvou-se, apanhou uma das pedras. Os dois buracos pareciam órbitas vazias, o furo no meio assemelhava-se a um nariz e, mais abaixo, o orifício um pouco rasgado sugeria um sorriso — uma caveira. *To be or not to be*, brincou, a pedra nas mãos. Não, não ser, escolheu, e atirou a pedra no meio do rio. As ondas suaves avançavam até seus pés, quebrando-se numa espuma rala, amarelada. O sol colocou um reflexo mais forte na asa de um pássaro, numa curva. Respirou fundo e recomeçou a caminhar, costeando a margem do rio.

De vez em quando, detinha-se para olhar alguma coisa. Um sapato de mulher, rasgado e cheio de musgo, o salto enterrado na areia. Uma concha quebrada, mostrando o interior branquicento que parecia leite de magnésia. A sombra dele projetava-se na água, e o movimento das ondas a fazia tremer de leve. O vento despenteava seus cabelos, enfunava o casaco nas mãos, como uma bandeira. Havia mistérios miúdos no fundo do rio. As colinas e as ilhas ao longe traziam um impulso de fuga. O vento, o céu, a água: tudo era fácil, livre, belo, limpo. O desejo de voar, de perder-se, ser maior e mais forte que tudo aquilo misturava-se ao desejo de não passar de uma daquelas pedras carcomidas, um daqueles grãos de areia, daqueles talos de capim.

Um menino caminhava devagar por dentro da água. O sol batia no corpo queimado. A areia tornava-se subitamente flácida, seus pés afundavam, deixando marcas fundas, que depois eram sulcos e valas e enormes fossos barrentos. Uma planta estranha, como um polvo, estendia suas ramificações embolotadas pela aridez, onde não havia possibilidade de comunicação. "Isto é solidão", pensou. E no mesmo instante viu a água suja do canal de esgoto despejando-se no rio. Travava-se uma pequena luta entre as duas águas, e ele desejou que a do rio vencesse, empurrando a outra de volta para o cano. Lembrou de uma professora antiga de geografia explicando a pororoca, as duas mãos chocando-se como aranhas no ar. Bruno sentava a seu lado naquele tempo, e tinha uma expressão distante nos olhos. Um navio cortou a água do rio — outro navio, igual àquele, flutuando naquelas mesmas águas, levara um dia Bruno para longe. Sacudiu a cabeça e começou a correr até as ruínas da cadeia.

Os tetos côncavos mostravam celas subterrâneas, úmidas e apertadas. *Ubirajara*, alguém escrevera numa das paredes, em letras vermelhas. Descendo mais, Maurício escorregou e um fio de sangue nasceu da esfoladura na mão. Levou o machucado aos lábios, bebeu devagarinho o próprio sangue. Precisava caminhar de cabeça baixa, caso contrário a cabeça bateria no teto. O corredor estreito ramificava-se em outras celas. Entrou numa delas: a imagem de um cálice pintado na parede invadiu seus olhos. *Ad infinitum* estava escrito embaixo, e a hóstia suspensa sobre o cálice era como um sol branco. A escuridão era quase completa. Um cheiro ruim, fezes antigas e coisas apodrecidas, entrava pelas narinas. O contato com as paredes era áspero, mas sugeria maciezas, reentrâncias e pelos inexistentes. O ar faltava. Estava enterrado vivo. Uma vestal, um faraó. Fora havia o rio, o céu e o ar, mas ele estava preso ali. E o medo. A cabeça latejava. Não conseguia atinar com a saída.

Foi então que duas meninas de vestido amarelo surgiram de uma das celas. Seguiu atrás. E lá no fim do corredor havia uma meia-lua de luz clara. Fora, suspirou aliviado, enxugando o suor com a manga da camisa. Atrás dele, a cadeia semidemolida parecia um enorme dinossauro sem pele, revelando as entranhas feitas de cárceres vazios. Tufos de grama saltavam entre os buracos do muro. Olhou para cima, para as vigias que em noites de chuva haviam abrigado os soldados, e a plataforma em forma de U, quase totalmente destruída. Algumas mulheres caminhavam entre as ruínas, recolhendo coisas. Crescia um calor no seu peito, a que ele não sabia dar nome, e no entanto crescia mais. Era aquela sensação de humildade que as coisas destruídas lhe davam, mas misturada a outras coisas. Desejo de voar e correr e cantar e compreender e perdoar. Afundar naquela água, naquele céu, desaparecer naquele ar. Seria o que chamavam de — *revelação?* Havia uma espécie de espírito presente ali, que entrava por dentro dele, deixando-o com os braços suspensos, boca seca e olhos úmidos.

Apertou o casaco nas mãos, começou a descer o monte de escombros onde estava. Caminhou até a praça outra vez. As pessoas já não eram as mesmas, os balanços vazios oscilavam não se sabia se empurrados pelo vento ou pela mão de alguma criança que já não estava mais ali. Pelos buracos do muro, via a cadeia. Os tijolos quebrados e o cimento, em montes esparsos. Na parte intacta do muro, leu a frase escrita em letras amarelas: *Sou ladrão pela palavra, mas sou bom de coração, se a polícia me pegar, vou direto pra prisão.* Embaixo, a assinatura: *Cacalo.* Mais adiante, cartazes anunciavam que Batman vinha aí. Viria? E Cacalo, teria ido direto para a prisão? Tentava apegar-se àquelas coisas externas para escapar de dentro de si — uma vaga vertigem, uma vaga náusea, vagas sensações, como se todo ele fosse impreciso, indefinido, frágil, remoto.

Tentou equilibrar-se sobre um dos trilhos do bonde. As pernas recusaram-se a obedecê-lo. As duas prostitutas estavam debruçadas na janela da casa de roupas usadas. Sorriram para ele, ele sorriu de volta para elas, achando-as quase bonitas sob aquele arco arredondado com vitrais por cima. Mais adiante um grupo de homens jogava bocha numa cancha de chão batido. Sem camisa, os peitos peludos, suados. Um deles tinha um violão, resmungava uma melodia sem palavras, feita só de murmúrios. Ao longe, os contornos dos edifícios voltaram a limitar o céu. Pensou em voltar até o rio, mas já estava saciado. As pernas doídas, a boca seca. Nas mãos, o casaco parecia de chumbo.

Entrou num bar, sentou, pediu um guaraná. Debruçado no balcão, o homem demorava a atender, nas mãos um pano afastando moscas. Maurício encostou-se à coluna que havia atrás da mesa e bebeu. Então percebeu que a coluna era feita de inúmeros pedacinhos de vidro. Multifacetado, seu rosto refletia-se ora sem olhos, sem boca, sem cabelos — vários pedaços de rosto que piscavam, surpresos. Passou a mão pela coluna, os pedaços de vidro ferindo levemente a palma da mão. Além do bar vazio, a rua cheia de sol. No mármore encardido da mesa havia vários nomes escritos, entrelaçados. Pensou em decifrá-los, mas teve preguiça: seriam somente letras unidas umas às outras, formando o nome de alguém que ele não conhecia e provavelmente não conheceria jamais. Jamais, repetiu, parecia trágico, misterioso. Desejou ter um lápis na mão, desenhar seu próprio nome junto com os outros, para que alguém, como ele lia agora, lesse um dia sem saber quem era. Pensou em pedir ao homem do balcão, mas ele bocejava, espantando moscas. Quis ficar ali muito tempo, as pernas estendidas, na boca o gosto açucarado do guaraná. E o contato frio do mármore na palma das mãos, para sempre.

Encostou novamente a cabeça na coluna de vidro. Por trás, mil faces partidas o observavam, como se não fossem ele. Vontade de ter alguém ali do lado, fazer confidências entre as mesas do bar. "Parece letra de tango argentino", pensou, e repetiu: "Entre as mesas do bar". Havia uma frase assim, dentro de um tango antigo que tia Violeta cantarolava, regando os morangos. Tentou lembrar, não conseguiu. Batucou na mesa. Samba, podia compor um samba numa mesa de bar, a mesa teria parceria. Ociosos, os pensamentos se multiplicavam como os rostos da coluna. O tempo parecia ter parado, abandonando-o petrificado à frente daquele homem que era como uma estátua, não fosse o movimento do pano afastando moscas. No almoço do dia anterior, uma mosca pousada sobre a mancha de vinho. Era assim que se sentia. Uma mosca com as patas presas no vinho que o pano da toalha ia sugando para dentro de si. "Mas é preciso reagir", pensou. E quis levantar-se. Antes, lembrou de deixar uma lembrança sua, qualquer coisa que marcasse a sua passagem. Deixou o casaco sobre a cadeira, ergueu-se. Estendeu o dinheiro para o homem, que devolveu lentamente o troco, nota por nota. Já na rua, ouviu o chamado:

— Ei, moço.

Voltou-se. O homem estendia o casaco:

— Tu esqueceu.

— Ah, obrigado.

Correu para apanhar o ônibus, entrou ofegando. Tinha a impressão de que o que lhe escorria dos poros era o caldo amarelo adocicado do refrigerante, não suor. Sentou num banco vazio, na janela, estendeu o dinheiro para o cobrador.

— É cem, meu. Aqui só tem cinquenta.

Encarou o homem que o chamava de *meu*, sem cerimônia. Desejou prendê-lo, conversar sobre qualquer coisa.

— Ah, é mesmo. Desculpe.

Estendeu outra nota, e enquanto o homem remexia à procura de troco, perguntou:

— Como é, muito trabalho?

— Que nada, meu. Hoje é domingo. Pouca gente. Dia de semana é que é brabo.

Havia um brilho de ouro dentro da boca. O boné empurrado para trás, grandes círculos de suor nas axilas, manchando a camiseta.

Maurício abriu a boca para continuar a conversa, mas o homem já se afastava em direção a outro passageiro. Espiou pelas janelas os edifícios que passavam, sem cor nem forma. Ir embora, um dia, para qualquer lugar. E não voltar nunca mais. Puxou o cordão da campainha e desceu.

Na porta do edifício, deteve-se. Vontade de voltar, voltar correndo até a praça, até o céu, até o rio. Anoitecia. O céu tinha tons de roxo, folhas de papel voavam pela rua. Entrou, subiu pelo elevador e lentamente empurrou a porta de casa. Da cozinha chegava um cheiro de café novo e a voz de tia Clotilde, em vigorosas marteladas. O apartamento ainda estava imerso na escuridão. Os objetos pareciam não ter contornos, massas amontoadas pelos cantos. Desfolhado, jazia no meio da sala o jornal de domingo. Estendido no sofá, Edu continuava dormindo.

Diário ix

23 de maio

Quando se deseja realmente dizer alguma coisa, as palavras são inúteis. Remexo o cérebro e elas vêm, não raras, mas toneladas. Deixam sempre um gosto de poeira na boca — a poeira do que se tentava expressar, e elas dissolveram. Quanto mais palavras ocorrem para vestir uma ideia, mais essa ideia resiste a ser identificada. As sucessivas roupas sufocam a sua nudez. E todas as palavras são uma grande bolha de sabão, às vezes brilhante, mas circundando o vazio.

Ah, se eu pudesse escrever com os olhos, com as mãos, com os cabelos — com todos esses arrepios estranhos que um entardecer de outono, como o de hoje, provoca na gente.

Escrevi isso pensando no passeio que dei hoje à tarde. Fui até a minha praça, na volta do Gasômetro, e é só lá que encontro céu e rio à vontade, azuis, imensos, quase fundidos um com o outro. O céu e o rio vistos daqui da cidade são avaros, mostram pedacinhos pequenos, perdidos no meio dos edifícios. Parecem ter vergonha de se mostrar. Lá, não. Quase não há olhos para os verem, e então se expandem sem avareza nenhuma.

Acontecem coisas estranhas quando estou num espaço muito amplo. Uma vontade de voar, parece que bastaria abrir os braços para fundir-me com o céu. Ao mesmo tempo, dá vontade também de ficar na terra, e viver, viver muito, com todas as miudezas do cotidiano. Impressão de ser maior que tudo, sensação de força, certeza de vitória, vitória tão certa e fácil como as coisas da natureza que se mostram ali. E também uma grande humildade, consciência de ser ínfimo em relação ao azul-azul do céu, ao azul-sem-cor do rio. Procuro palavras para definir o que sinto e não encontro. Talvez elas nem sequer existam, talvez seja apenas um fluxo mais forte de vida abrindo os sentidos, embrutecendo o raciocínio.

Chorei ao chegar em casa, quando entrei no meu quarto e lembrei daquelas coisas todas, da natureza se oferecendo de um jeito que poderia ser obsceno, não fosse tão puro — e esbarrei com Edu na sala, dormindo, os pés nus e gordos, o jornal no chão. Fiquei perto da janela enquanto escurecia. É domingo, as ruas estão vazias. Não havia ninguém lá embaixo. De vez em quando passavam carros, mas parecia não haver pessoas dentro deles, como se fossem dirigidos por controle remoto. Parecia que estava chovendo.

Depois bateram à porta, chamaram para jantar. Levei muito tempo, de propósito, para lavar o rosto, e quando entrei na sala a mesa estava vazia. Todos me olharam, e não sei se havia susto ou amor ou censura em seus olhares. Sei que de repente me deu um enorme acesso de ternura, daquele jeito que já descrevi aqui uma vez. Pensei que, bons ou maus, eles são meus, me viram nascer, crescer, e me querem de uma maneira completa, como ninguém mais poderia me querer, porque eles me conhecem. Como se soubessem mais de mim do que eu mesmo, e tive a sensação de estar nu.

Fui até a cozinha, mamãe foi atrás, tirou meu prato do forno. Colocou-o na minha frente, tirou um guardanapo da gaveta, arrumou os talheres, perguntou se eu queria do vinho que Edu havia comprado. E de repente decidi ser bom com ela. Eu quis dizer alguma coisa, mas ela voltou para a sala. Enquanto comia, fiquei ouvindo a voz dela contando coisas à tia Clotilde, enquanto Edu ria muito alto.

Agora estou aqui, escrevendo. Continuo a ouvir as vozes deles, não sei se só na imaginação ou se falam ainda, lá na sala.

Quero mudar a minha vida. Tenho dezenove anos, é tempo de fazer alguma coisa. Talvez eu tenha medo demais, e isso chama-se covardia. Fico me perdendo em páginas de diários, em pensamentos e temores, e o tempo vai passando. Covardia é uma palavra feia. Receio de enfrentar a vida cara a cara. Descobri que não me busco ou, se me busco, é sem vontade nenhuma de me achar, mudando de caminho cada vez que percebo uma luz. Fuga, o tempo todo fuga, intercalada por períodos de reconhecimento. Suavizada às vezes, mas sempre fuga.

Quero ser eu mesmo. Será difícil? Com tudo de mau que isso possa trazer. Mesmo não sendo mau, fácil não será, mas estou disposto a correr o risco. É preciso agora concretizar a ideia: tirá-la dos limites do pensamento, arrancá-la apenas do papel e torná-la um pedaço de mim, decisão cravada no corpo. Não sei como fazer, por onde começar, mas sei que o farei. Hoje, amanhã ou depois. De uma vez só ou pouco a pouco, eu o farei.

Parei de escrever, fui até a janela, voltei. A cidade vazia. As ruas lavadas dão a impressão de que vai acontecer alguma coisa. Não sei o que seria. Por isso mesmo me assusta e, ao mesmo tempo, fascina.

Conversam ainda na sala. Não era só imaginação. As minhas pernas doem. Vou dormir.

A queda

— Vamos ter que fazer uma forcinha e subir pela escada mesmo — disse o homem passando por ele, apenas a silhueta destacada na escuridão.

Maurício retardou o passo, mas o homem parou para esperá-lo.

— É — disse.

O homem continuou:

— Pouca vergonha, faltar luz bem na hora que a gente está voltando do trabalho. — Arquejava, as pernas curtas vencendo com dificuldade os degraus. — O sujeito dá duro o dia inteiro, quase morre nesse trânsito infernal... — interrompeu-se, lutando contra a falta de ar. Venceu-a e completou de uma só vez, medo que o fôlego tornasse a faltar — ...edepoisaindatemquesubirabostadestasescadas... a pé... — Tirou o lenço do bolso e passou pela calva, onde os reflexos do dia moribundo vinham brincar, como num espelho. E repetiu: — Pouca vergonha.

Maurício observou a calva multicor. Ainda bem que a luz estava apagada: no escuro não podia ver a cara do homem nem era preciso afetar uma expressão interessada. Bom também que ele morasse no terceiro andar, e falasse tanto que não era preciso sequer responder. Apertou a pasta de livros contra o peito. Caminhara sem destino a tarde toda. Não conseguira concentrar-se na leitura, na biblioteca da faculdade. O silêncio excessivo, quebrado apenas por sussurros e pelo rangido da portinhola de ferro, a sensação inquietante das dezenas de estantes cheias de livros ainda não lidos — tudo isso dava-lhe dor de cabeça. Pior ainda seria voltar para casa, a presença dos parentes escorregando pelas frestas da porta fechada de seu quarto, como um mau cheiro. Caminhara pelas ruas horas, e a vaga dormência nas pernas tinha um gosto amargo. Gosto de fuga.

— E a mamãe, como vai? — A voz do homem tornava-se subitamente amável, melada, nauseante. — Está nas últimas, não é?

Aquele *nas últimas* fez Maurício sorrir. Era assim que o pai se referia às vacas da fazenda, quando estavam para dar cria.

— É. Está nas últimas.

— Pra este mês, não é?

— É, sim. Estamos esperando quase todos os dias.

— E o papai já veio da fazenda?

— Já. Semana passada.

— Ah — o homem parou, remexendo os bolsos à procura da chave. Não a encontrou, e começou a tocar a campainha. Depois lembrou-se de que não havia luz, sorriu desajeitado, começando a bater com o punho fechado. Enquanto esperava, tentou uma brincadeira: — Quer dizer que mais dia menos dia teremos um novo morador no edifício, não é? — Sorriu satisfeito consigo mesmo, depois completou: — Ou moradora, claro.

— É. Ou moradora.

"Se for mulher", dissera a mãe, "se for mulher vai se chamar Virgínia." Mãos sobre o ventre, olhos baixos. E verdes, cor de campo, Virgínia teria olhos verdes. De repente a pasta cheia de livros pareceu muito fria contra o peito. Afastou-a do corpo, com um arrepio.

— Pretende derrubar a porta, é?

Um cheiro de comida quente nasceu de dentro do apartamento. A cara da mulher no vão da porta era mal-humorada e tristonha. O homem entrou rapidamente, cabeça baixa, com um "até logo" inaudível. A porta fechou-se sobre ele. A fresta da luz de uma vela no chão do corredor desapareceu.

Maurício recomeçou a subir as escadas. Através da poeira dos vidros via o céu de cores transparentes, mais vagas ainda pelo pó e pelo vagar de seus passos, como se as visse através de lágrimas. Passou os dedos no corrimão da escada, de pedra fria. A frieza entrava pela ponta dos dedos, espalhava-se pelo corpo todo. Apertou a pasta contra a coxa, sentindo o relevo dos livros e cadernos. Parecia um corpo estranho, uma massa recoberta de plástico. Vagarosos, seus pés venciam os degraus. Procurara Marlene à tarde, e a porta fechada, o tilintar sem resposta da campainha lá dentro, deixaram nele uma sensação de ausência. Uma ausência interna, como se dentro de si mesmo não encontrasse resposta. Pensou vagamente que sempre, de muitas formas, encontraria portas fechadas e campainhas soando inutilmente. Então, do fundo da consciência, brotou uma frase: "Não tenha o tempo todo tanta pena de si mesmo". De que livro, de que filme, de que boca?

Enquanto subia no escuro, os ruídos da rua iam ficando mais diluídos. O rumor dos bondes nos trilhos parecia coberto por uma camada de algodão. E os novos ruídos, dentro dos apartamentos fechados, eram frágeis como as cores do céu. Espiou de novo pela janela. O roxo dava lugar a um azul profundo, um pouco antes do negro da noite. Teve vontade de ficar parado ali, no vão da janela, sem pensar em nada, apenas formas e cores passando esquivas pelas pálpebras abaixadas, como quando ouvia música.

Venceu com raiva os degraus finais. Empurrou a porta. Dentro, a escuridão era a mesma do corredor. E o silêncio. "Mãe", teve vontade de chamar. Mas limitou-se a pisar devagar, como se houvesse por perto uma criança dormindo. Entrou na sala e viu Maria Lúcia debruçada na mesa, o rosto voltado para a rua. "Carliiiiinhos!", gritou uma mulher lá embaixo, e o grito vinha misturado a sons de pratos e talheres. Maria Lúcia parecia distante e só, prestes a dissolver-se no escuro. Maurício suspirou. Foi então que ela se voltou. Encarou-o durante muito tempo, sem dizer nada, como se custasse a reconhecê-lo.

— Cadê o resto do pessoal? — ele perguntou. Mas ela continuava calada. Aproximou-se mais, e viu que ela tremia. Foi nesse momento que teve um pressentimento estranho. Tornou a perguntar, a voz rouca e oca: — Cadê o resto do pessoal?

Maria Lúcia moveu os lábios, mas nenhum som saiu. Ele insistiu, mas quase desejava que ela não respondesse. Então ela falou:

— A tia… quer dizer, a sua mãe, compreende?

— Que é que tem a minha mãe?

— Caiu, compreende? Ela estava lá embaixo quando apagou a luz, ficou nervosa, esperou, a luz não vinha. Ela ficou muito nervosa, entende? E subiu pelas escadas mesmo. Ela ficou nervosa, escorregou, caiu, entende?

— Mas ela se machucou, me diz, Maria Lúcia, ela se machucou? E a criança?

— Não… Quero dizer, não sei. Eles saíram todos, mamãe, o tio, Edu. Foram levar a tia no hospital. Pediram que eu esperasse você para nós irmos até lá.

Ele começou a andar pela sala. "Carliiiiiinhos", a mulher gritava lá embaixo, ruído de pratos e talheres e copos, e até da toalha sendo posta na mesa, um ruído macio, algodoado como o barulho do bonde, como pés de ratos, à noite, na fazenda, como folhas caindo dos plátanos na praça, ruído morno, flácido, o medo crescendo dentro dele. Medo sem forma, medo com medo de ser medo, mas grudado nos seus passos, indo e vindo pelo meio da sala. Se for mulher, vai se chamar Virgínia. Talvez nem fosse, nem Virgínia nem ninguém. Pouca vergonha, faltar luz a essa hora, repetiu, sem notar o olhar assustado da prima. Sentou no sofá, sem saber se o tremor se espalhando pelo corpo era seu ou dela. Precisava fazer alguma coisa.

— Sabes onde é o hospital? — perguntou, mas a vontade que tinha era de ficar ali, à espera, mudo, trêmulo, assustado.

Ela estendeu um pedaço de papel onde alguém rabiscara um endereço.

— Precisamos ir até lá — ele disse, mas continuou sentado.

A prima esperava, sem se mexer. Parecia respeitar o medo dele.

— É grave? — perguntou. Depois acrescentou: — Quer dizer, ela se queixou? Doeu muito?

Maria Lúcia sacudia a cabeça em silêncio.

— Faz tempo?

— Mais de uma hora.

— Vamos? — ele disse, levantando-se. Ela obedeceu.

Desceram rapidamente as escadas. De um dos apartamentos vinha um choro de menino. Carlinhos deve estar apanhando, o pensamento absurdo varou o cérebro de Maurício. Corriam, ele e Maria Lúcia. Pararam na porta do edifício. Os bondes eram como grandes peixes amarelos, recheados de pessoas. Atravessaram a rua, subiram num táxi. Maurício deu o endereço. Olhou para trás, teve a impressão de que nunca mais veria os plátanos da praça, os longos braços estendidos para o céu, as folhas atapetando o chão em volta. Peixes amarelos cruzavam por eles, misturados a peixes menores, de outras cores. As primeiras luzes nasciam nos postes, as pessoas pareciam diminuir o passo, atentas ao anoitecer, fazendo tempo pelas vitrines, pelas esquinas. Olhou para Maria Lúcia e teve pena dela — mais do que pena, uma ternura estranha, uma intimidade.

— Será que ela vai ficar boa? — perguntou, chamando-se baixinho de idiota, idiota, idiota. Queria que a prima passasse por cima das palavras para compreender seu medo.

Ela voltou o rosto para ele. Por instantes, as luzes dos postes que passavam revelavam os traços, que logo voltavam a mergulhar na penumbra.

— Vai, sim. Ela tem que ficar boa.

Não havia nenhuma segurança nas palavras dela. Medo, também.

— Este trânsito está uma porcaria — disse o motorista. E eles olharam dentro dos olhos um do outro.

— Tu gostas daqui? — perguntou Maurício.

— Acho que gosto.

— Mas tu nem saíste, não foste a lugar nenhum.

— Você tinha que estudar latim — ela disse. — Mas gosto assim mesmo. Do ar, acho, sei lá.

As mãos dela deviam estar frias, e agora mexiam na saia, criando novas pregas no tecido. Ia se chamar Virgínia, ele pensou. E teria olhos verdes. Segurou com força, de repente, na mão da prima. Ela estremeceu, mas a mão não estava fria. O leve calor um pouco suado passava para a mão dele. Maurício olhou pela janela, esbarrou no mistério das árvores do parque. A noite enegrecia o verde das árvores. O motorista ligou o rádio, a música perdeu-se pela janela aberta. Um vento frio entrou, despenteando-o. Os cabelos de Maria Lúcia voaram para trás. Sem sentir, aproximaram-se mais um do outro. O motorista assobiava, acompanhando uma música que eles não ouviam. Maurício não conseguia imaginar o carro parando, eles descendo, entrando no hospital, os corredores brancos, o silêncio branco. No fundo dos corredores, a mãe. E Virgínia.

Então o carro parou. Ele pagou. Parada na calçada, Maria Lúcia esperava, as mãos enfiadas nos bolsos do casaco. Maurício viu o casarão cinzento, as palmeiras do fundo, os automóveis parados, as luzes através das vidraças abaixadas, o silêncio branco atravessando as paredes até a rua onde estavam. Devagar, começaram a subir as escadas.

Tempo de silêncio

....

— Entre, papai — disse.

O homem fez um movimento. Maurício teve vontade de abraçá-lo. Conteve-se. Sentou na cama, encostou a cabeça na parede.

— Preciso falar contigo, meu filho.

— Eu sei. Pode falar.

O pai estendeu o braço, afastou as cortinas que tapavam a janela. O sol pulou para dentro do quarto. Depois abriu a boca. Maurício preparou-se para escutar.

A voz do pai era rouca, hesitante.

— Estive conversando com sua tia, com Edu.

As pausas eram mais abundantes que as palavras. Os olhos vagavam pelo quarto como se procurassem um objeto qualquer onde pudessem apoiar-se.

— Eles acham que… que tu podes ir com eles. Morar lá, que é melhor assim.

Maurício esboçou um gesto. O pai cortou-o em meio.

— Eu sei, eu sei que tu não gostas deles. Mas é só no começo. Depois tu podes trabalhar, morar sozinho. Ou, se quiseres, também podes ficar aqui.

— Não, eu não quero — Maurício sacudiu a cabeça. Acompanhou com o dedo um dos bordados da colcha. Pensou: foi mamãe quem bordou esta colcha. E em seguida, mamãe morreu. Mamãe não existe mais. Nem Virgínia. Nunca chegou a existir. Lembrava vagamente dos corredores esbranquiçados do hospital, dos vultos dos médicos e enfermeiras, manchas de tinta flutuando numa tela sem cor. Edu avançava lentamente, como se estivesse preso no chão. Sacudia devagar a cabeça, e já não era mais um homem gordo — era apenas um homem triste, quase velho, de ombros caídos, e um vinco entre as sobrancelhas. Era uma menina, disse. E depois, quase sem voz: morreram, as duas.

Maurício ergueu a cabeça para o pai.

— Eu não quero ficar aqui. Eu prefiro ir embora.

O pai sacudiu a cabeça várias vezes. Ele também, agora era apenas um velho, ainda mais velho, cansado e só.

— Mas e o senhor, papai? Para onde é que o senhor vai?

O pai sacudiu os ombros, como se não tivesse nenhuma importância o que ia fazer de sua vida.

— Vou voltar para a fazenda. Eu também não gosto daqui, e as tuas tias estão sozinhas na cidade. Assim eu fico mais perto delas. Depois que o Pedro morreu a Mariazinha se enterrou naquele lugar. Já tentei trazer as duas para cá, mas não teve jeito. Qualquer dia morrem e ninguém fica sabendo.

Maurício olhou para ele com surpresa — era aquela ternura brusca, aquele jeito envergonhado e bruto de querer bem, que tantas vezes ele confundira com falta de amor.

— Só tem um inconveniente — ele prosseguiu. — Acho que nesta época do ano é difícil conseguir transferência, vais perder o ano.

— Já está perdido.

— Quê?

— É, já está perdido. Quase não tenho ido à aula.

O pai continuava a sacudir a cabeça. Lentamente, como se estivesse vendo e ouvindo apenas o que existia dentro dele. De repente Maurício lembrou: cavalgavam, ambos, ele na garupa do pai. Seus braços rodeavam com força a cintura dele. O vento zunia, esfriando as faces, despenteando os cabelos. O pai esporeava o animal, que corria feito doido, atravessando os campos. Ele olhava para cima e via as costas largas do pai, imensas, vistas em perspectiva, recortadas contra o céu. O céu era azul, ele lembrava, muito azul, sem nenhuma nuvem. Entre o verde do campo e o azul do céu, eles galopavam. Depois o pai apeara e falara qualquer coisa com um peão, a cabeça sacudindo daquele mesmo jeito. A mãe veio de dentro de casa tirá-lo do lombo do cavalo, os braços dela cheiravam a pão quente. Ele a seguiu, segurando na ponta da saia, e na cozinha ela lhe dera o pão em forma de boneco, enormes olhos de feijão preto. Ele apertara o boneco com cuidado — Faustino, chamara-o — e fora lhe contar histórias debaixo da paineira. A paineira florida parecia uma adolescente que crescera demais e hesitava entre a doçura das flores e a brutalidade do caule grosso. No caule grosso da paineira ele se recostara, com Faustino nos braços, contando a história do príncipe de costas muito largas que galopava num cavalo branco. Bruxas, gigantes, anões malvados, dragões — tudo que havia de mau e feio sucumbia à força do príncipe. Os olhos de Faustino pareciam aumentar de admiração. E o príncipe é meu pai, sabe? disse Maurício, orgulhoso. Faustino ficaria com um baita ciúme. Mas os feijões dos olhos não piscaram, e ele nem tinha boca para sorrir. Era despeito aquilo, Maurício sabia, pura inveja. Olhou-o novamente, o boneco não dava sinal de vida. Então mordeu-o. Com raiva, cravou os dentes na cabeça, engolindo junto os grandes olhos pretos. Ficou olhando o corpo aleijado de Faustino, a boca cheia de farelos que escorregavam pelos cantos dos lábios. Depois viu o pai que se aproximava, ainda falando com o peão. E não era príncipe, não era nada. Um homem alto, de botas e bigodes negros, sacudindo devagar a cabeça. Correu para o cavalo. E não era corcel, nem era branco — pouco mais que um matungo, de cauda recém-cortada, olhos ramelentos e mansos.

Desviou os olhos do pai e procurou a luz lá de fora.

— Uma amiga tua mandou um telegrama. Marlene, acho que é o nome dela. Queres ver?

— Depois — disse. E tudo aquilo parecia muito longe. Seus dedos perdiam-se no labirinto da colcha, buscando uma saída, hesitando, tomando novos caminhos, voltando atrás, perdidos nos corredores que a mãe bordara.

— E tia Clotilde? — perguntou.

— Está bem. Ficou muito nervosa, claro, mas agora já passou.

Teve a impressão de que o pai ia acrescentar: "Agora está tudo bem". Apressou-se em fazer outra pergunta:

— E Edu?

— Também está bem. — O pai hesitou, depois acrescentou: — Ele gosta muito de ti. Quer que fiques na casa dele.

Maurício concordou.

— E Maria Lúcia?

— É uma boa menina. Fico com pena dela. Coitada, vir de tão longe e passar por tudo isso.

Maurício cravou as unhas na palma das mãos. Depois abriu-as para ver os pequenos valos impressos na carne. As mãos de Maria Lúcia eram como pedaços de gesso sobre os joelhos. Mas não estavam frias, o calor entrara pelos poros dele, abrindo caminho pelos braços, até aquecer um ponto vital onde se encolhera e permanecia, morna, até agora.

— Ela ia se chamar Virgínia — disse.

— Quem?

— A... a criança. Uma vez ouvi mamãe dizendo.

— Ah. Era uma menina mesmo.

A voz do pai tremeu. Sim, ele ia lembrar-se dela durante toda a vida que lhe restava, pensou Maurício. Caminhando pelas salas desertas da estância, sem a presença dela; levantando cedo para tomar sozinho o chimarrão na cozinha, onde ninguém acenderia o fogão; deitando à noite na cama gelada, infinita, como se o corpo magro dela a aquecesse e diminuísse, antes. E à hora de dormir, a mente entorpecida, estendendo a mão e apalpando o vazio, seu último pensamento seria para ela, que nunca mais estaria ali.

— Papai — chamou.

O homem voltou o rosto.

— Quê?

— Se o senhor quiser, eu posso ficar. Posso ir para a fazenda, o senhor vai ficar muito só lá.

— Só? — ele sorriu. — Eu já estou acostumado. E, de qualquer jeito — a mão esboçou no ar um gesto vago —, tu não gostas mesmo daquilo lá. Eu entendo, é um fim de mundo. Mas a minha vida já está terminando, a gente tem é que pensar na tua, que está começando.

Maurício baixou os olhos, o pai fez um movimento para levantar-se. Deteve-se e ficou olhando para o filho, suspenso. Passou devagar a mão na cabeça dele.

— Tudo vai sair bem, eu sei. Tu vens passar as férias lá na estância de vez em quando. Eu já estou muito velho pra andar viajando pro tal de Rio de Janeiro.

Maurício ouviu os passos se afastarem, a porta fechar de leve atrás do corpo. Depois foi Maria Lúcia quem entrou.

— Vim ver se você está bem — ela disse. Aquele chiado na maneira de falar era o mesmo da menina chorosa que pedia para brincar.

— Estou, sim. Estou bem.

Ela sentou na ponta da cadeira, brincou um pouco com uma ponta dos cabelos, depois soltou os braços, ficou olhando para ele.

— Cheiro de café — disse Maurício.

— Eu estou fazendo. Pra você. Quer?

— Quero, depois.

— Você vem com a gente? — ela perguntou.

— Vou — ele disse.

Maria Lúcia esboçou um sorriso, caminhou até a porta e disse:

— Vou buscar o café.

Maurício levantou-se. Foi até a mesa e abriu o caderno de capa azul. Abriu-o, escreveu: *28 de maio*. E mais abaixo: *Mamãe morreu*. A caneta escorregou dos dedos. Tomou-a novamente e escreveu mais: *Um dia, poderei olhar-me nu em um espelho sem baixar os olhos*. A frase parecia estúpida, vazia. Fechou o caderno. Caminhou até a janela, limpou com os dedos a poeira acumulada nas vidraças. Limpas, mostravam uma paisagem mais nítida, as árvores definidas contra o céu azul. Afastou-se um pouco e viu o reflexo da própria imagem sobre as árvores. "Um dia", repetiu, "um dia poderei olhar-me nu em um espelho sem baixar os olhos." O cheiro de café entrava por baixo da porta. Era escuro e bom, mas não ia ser fácil, ele sabia. Haveria muitas quedas, e sucessivos impulsos para levantar-se.

Como se despertasse, olhou a praça lá embaixo. Um dia, um dia. As folhas mortas dos plátanos, o céu de vidro, pessoas caminhando, o seu reflexo vivo.

Com os olhos fechados, mas totalmente desperto, imaginou passos que se aproximavam da porta do quarto. Depois cessavam. Batiam na porta, perguntavam:

— Posso entrar?

— Pode — ele disse.

E voltou-se para encará-la.

Posfácio
Tempo de fazer

Natalia Borges Polesso

Tenho em mãos um livro de Caio Fernando Abreu intitula-do *Limite branco*. O exemplar é de 1994, mas sua primeira publi-cação é de 1971. A história do livro, pelo que data seu manuscri-to, tem mais de cinquenta anos, se marcarmos o momento em que escrevo este posfácio. Me pergunto sobre a história do livro em si, quanto tempo será que tem? Por quanto tempo um meni-no Caio ficou imaginando algum trecho, criando personagens, pensando seus contornos, as locações — como ele chamava suas paisagens narrativas —, algum evento, as imagens que ficaram gravadas e as que foram inventadas naquelas páginas que ele ba-tia em sua Olivetti Lettera 31 portátil vermelha, apelidada por ele de Virginia Woolf? Tenho em mãos um Caio de 19 anos e isso é estranho e terno se penso na imensidão de Caio, se penso no es-critor que me acolheu e que com sua escrita me incentivou a es-crever. Olho para a foto de sua carteirinha de estudante secun-darista e por minha conta imagino aquele menino escrevendo, caraminholando os acontecimentos do livro: cabelo alto, olhos pretos, sobrancelhas grossas, uma boca tensa. Parece que diz: estou aqui, estou bem aqui.

Mas não é só isso. Tenho em mãos o datiloscrito original, rasurado e rabiscado pelo próprio Caio, que dizia gostar da tangibilidade das folhas.* É um conjunto de 147 folhas A4 amareladas, com poucos rabiscos feitos à caneta, preta e vermelha, além de rasuras a caneta e outras marcadas com XXX à máquina sobre os escritos, com adendos à caneta. Há também algumas frases no verso de três páginas e dois parágrafos inteiros escritos à mão, de modo que, vez ou outra, o que encaro é a letra de Caio Fernando Abreu, e penso em suas mãos de escritor muito jovem se prestando à aventura da escrita. O documento leva o título *Tempo de fazer.*

Se eu pudesse dizer algo ao Caio, especificamente ao Caio do prefácio de 1992 que abre este volume, eu diria: não seja tão duro com você mesmo.

No referido texto, Caio nos jura que foi "quase insuportável reler/ rever estes últimos 25 anos" e que ficou chocado com a inocência de Maurício, o protagonista (e, se me permitem dizer, o antagonista) do romance, e com a inocência do Caio autor jo-

---

* O material está digitalizado no Delfos, Espaço de Documentação e Memória Cultural, na Pontifícia Universidade Católica do Rio Grande do Sul (PUCRS). Agradeço ao Delfos e, especialmente, à técnica em memória do espaço, Daniela S. Christ, que gentilmente fez o envio do material por e-mail, já que, com a pandemia, o acesso aos arquivos não foi possível. Ressalto a importância e a imensidade do acervo de Caio Fernando Abreu, que inclui, além de manuscritos e datiloscritos, uma vasta correspondência e diversos objetos pessoais, como runas, cartas de tarô, máquinas e computadores, bandanas, boinas, álbuns de fotografia, fitas K7, prêmios e os diários. Parte do material pode ser consultada digitalmente.

vem. Depois ele segue dizendo que nas páginas encontrou muito pudor, medo, moralismo, preconceito, arrogância e egoísmo. Disse também que preferia privar os leitores de "precariedades constrangedoras de escritor e ser humano principiantes". Repito que, se pudesse, diria: Caio, não seja tão duro com você mesmo.

Vejo em Maurício um pouco da arrogância de que Caio fala, mas vejo mais uma inocência de olhar a vida, tanto no Maurício criança como no Maurício jovem adulto. A precariedade não está no modo de narrar, na construção da narrativa, mas sim na construção da personagem ao deparar com os desafios de se tornar adulto num mundo cerceado. A cada ano que passa percebo como a juventude, a adolescência e a infância são períodos difíceis, que exigem muito esforço de compreensão do mundo, ainda que tenhamos pouquíssimas ferramentas para tal tarefa monstruosa. Escrever essas fases ainda jovem é algo que certamente resulta em um trabalho no mínimo sincero.

O Maurício criança, apesar de receoso, é um menino cheio de curiosidades, que se revelam em cenas maravilhosas e em perspectivas narrativas originalmente bonitas de outras personagens. Tudo o que cerca Maurício tem contornos fluidos e oníricos, e é pelos olhos dele, por exemplo, que conhecemos Luciana, empregada da família apaixonada por Edu, seu tio. Nela ele encontra um laço de afeto e cuidado, assim como uma janela fabulosa para as explicações e expiações mundanas. É ela quem conta a Maurício sobre o amor, ainda que não correspondido, e sobre as frustrações da vida. É ela quem traz a ideia de classe social à narrativa e lhe apresenta a dor da perda e da morte.

Há também quem faça as vezes de herói nessa trama, um herói do passado, talvez um misto de espelho e paixão, para onde a personagem pode jogar seu narcisismo e sua sexualidade ao mesmo tempo. Edu, o tio bonito, com estudo e leitura de mundo, conta a Maurício que não existem pessoas completamente boas nem completamente más, e essa informação é algo que vai perdurar no âmago do guri, que vai perturbá-lo e, eventualmente, ecoar na própria decepção com a figura do tio e com as expectativas do mundo.

Umas das partes mais adoráveis deste livro é quando o Maurício menino vê uma cena de sexo entre Laurinda e Zeca, empregados em sua casa, no interior. O narrador focaliza Maurício, fascinado entre a ideia da morte e do sexo, segurando nas mãos uma flor, e nesta visão entrega uma preciosidade voyeurística da criança.

> Quando Maurício tornou a abrir os olhos, os movimentos tinham se intensificado. Parecia uma luta, uma luta mortal. Rolavam um sobre o outro, a terra úmida da beira do açude manchava a nudez dos corpos, e Maurício viu o barro colado aos pelos negros de Laurinda, aos pelos ruivos de Zeca, ali onde os pelos dos dois se encontravam. Eles gemiam igual a porcos na hora do facão entrando na goela.
>
> De repente veio o medo — e se Zeca estivesse matando Laurinda? Matando de um jeito que ele nunca tinha visto antes, mas matando, matando. E só ele, Maurício, só ele assistindo. Então Zeca gritou rouco, mais alto, e tremeu, e saiu de dentro dela. Agora estavam separados, um ao lado do outro, de mãos dadas, as barrigas viradas para o sol. Ela sorria. (p. 80)

Trago o trecho porque acho exemplar. A cena, mais longa, é quase excessiva, mas as repetições e as comparações da personagem a tornam intrigante e memorável. Veja, comparar o grito de dois amantes a porcos sendo mortos é quase sublime. É uma junção adorável de infantilidade, medo e torpor com as referências do campo semântico que o autor cria ali naquela cena rural. Somos englobados pelo fascínio da personagem e isso não é fácil de fazer. Esse pacto narrativo, quando nele acreditamos, quando emprestamos nossa vida para que as personagens ganhem vida, também faz parte da mágica da literatura.

Há muita beleza nisso, Caio. Eu tenho para mim que cenas como essas são construídas com certa crueza narrativa, com certo olhar para a literatura que escritores e escritoras mais experientes evitam, e que por isso é mágico quando as encontramos em primeiros trabalhos de artistas tão talentosos. É preciso uma honestidade de principiante para se dar a essas construções.

Depois, na vida recém-adulta, na capital, podemos inferir o que resta desse Maurício criança: certa inocência e certa curiosidade, um ímpeto maroto, mas também cheio de freios, a imaginação e a memória se confundindo em projeções com referências à "grande" literatura universal, como em Shakespeare, Proust e Verne, mas igualmente em alguma vereda com poemas pichados em muros.

Tenho essa impressão quando passeio com ele na ponta do Gasômetro, numa Porto Alegre que não existe mais. Há uma tensão construída quando Maurício desce pelas ruas ao encontro do Guaíba, quando por ali perambula — e não posso deixar de me lembrar da prosa de João Gilberto Noll, com seus personagens quase em transe andando pela cidade, pelo calor da cidade, na chuva, embrenhados em sua escuridão. Caio nos dá uma

Porto Alegre dos bondes e dos táxis, das ruas arborizadas e das praças, algo que está ainda lá, mas que é difícil de captar. Ele também é um explorador do espaço, está descobrindo a cidade, está descobrindo a si mesmo num percurso sentimental.

> Frementes, ele pensou, era uma palavra engraçada e era assim que tudo parecia: *fremente*.
> Pedras pequenas, escuras, encravavam-se em seus sapatos. Atrás, a chaminé do Gasômetro ameaçava furar o céu, tão alta que sua ponta quase perdia-se no azul. Do outro lado do rio, as torres de televisão erguiam-se sobre a colina — eram sete, diziam, sete colinas verdes. Verde mais intenso era o da pequena ilha, recortada no horizonte. Maurício avançou. [...]
> De vez em quando, detinha-se para olhar alguma coisa. Um sapato de mulher, rasgado e cheio de musgo, o salto enterrado na areia. Uma concha quebrada [...]. (p. 157-8)

Das amizades presentes no livro, gostaria de falar de Marlene, Bruno e Maria Lúcia. Marlene é sempre mencionada como uma mulher mais liberta, que dá alguns conselhos que Maurício teima em não seguir. Ainda assim, está lá como símbolo contrário às mulheres de sua família, mas que, como as mulheres da família, também tinha voz. Bruno é um elemento frágil que vai trazer à tona um Maurício preocupado, carinhoso. Não é uma paixão, mas não deixa de ser. Não sei se há paixão neste livro — há um limite branco, que uma pessoa cruza para amadurecer, no qual as emoções se borram e se sobrepõem e não se tem muito uma ideia de onde começa um sentimento e o outro termina. Com Maria Lúcia, a prima que no final do livro cria um contraste com o protagonista e com a imagem que na infância Maurício criara para ela, vivemos dois momentos: a amizade conturbada da infância, marcada pela invasão de territórios imaginários e, mais tarde, uma resistência em enxergar na figura da prima uma amiga, que por fim leva à cumplicidade e à partilha de uma dor.

É por essa linha esfumada que transitamos. Na leitura, buscamos ser pacientes com o protagonista, entendemos que está descobrindo a vida e suas complexidades. Sabemos que não é fácil — tanto por identificação como por experiência.

Maurício se põe no centro de tudo, como observador do mundo e das pessoas. Primeiro, como uma criança sedenta e medrosa que se descobre sozinha; depois, como jovem — menos solitário, é verdade, menos dentro de sua cabeça, mas ainda assim muito dentro de sua cabeça. É por causa dele que tudo acontece, é com ele que assistimos aos acontecimentos, são dele as implicações postas. Isso pode ser muito irritante e quase insuportável, como disse o autor, mas também podemos enxergar nessas autoimplicações grande sensibilidade e empatia.

Por isso, repito, Caio, não seja tão duro com você mesmo. Tudo tem seu tempo de feitura e seu tempo de fazer.

O tempo de feitura diz respeito ao investimento de presença no ofício; o tempo de fazer, a seu contexto. Caio nos conta que o livro foi escrito em dois ou três meses, num trabalho assíduo, diário, que preencheu suas tardes e noites em uma pensão na rua General Vitorino, no Centro de Porto Alegre. Mas as manhãs, não. Nas manhãs, um Caio de 19 anos andava até a UFRGS e assistia às aulas de filosofia com seus colegas e amigos, dentre os quais o escritor João Gilberto Noll e a artista Maria Lídia Magliani.

Um belo trio. Fico imaginando os três caminhando pela Redenção, talvez felizes com o sol do outono porto-alegrense, talvez com medo da polícia, do governo, da censura, da ditadura. Imaginem comigo: o Caio, o Noll e a Magliani, sentados na grama, descascando uma bergamota, tomando sol na Redenção, no intervalo da universidade.

* * *

— Gente, estou escrevendo um livro — Caio diz displicente, arrancando umas graminhas.

— Sobre o quê? — Magliani pergunta, enquanto Noll reparte os gomos e entrega aos dois.

— Não sei muito bem. É a história de um guri de interior, mas eu acho que é sobre essa angústia — para e olha entre as árvores. — Vocês também sentem?

— Eu sinto — Noll responde e cospe umas sementes.

— Eu tento me esquivar, mas é cansativo — Magliani fala, tirando o sapato.

— E como vocês fazem pra ela ir embora?

— Ela não vai. Eu tento dar forma, pinto, despejo, mas as tintas às vezes me assombram.

— As palavras me assombram — Noll fala como se aquilo fosse uma revelação.

— As palavras — Caio faz uma longa pausa —, não sei se me assombram... talvez me fascinem, assim, ambiguamente.

— E qual fascinação não é ambígua?

— Pois é. Então a história na verdade é sobre o interior de um guri.

— É, acho que sim.

Todos riem e depois caem num silêncio luminoso.

— Saturno e Urano vão se opor em breve.

— E?

— Não sei, pode ser por isso essa angústia.

Enxergam ao longe alguns policiais, se levantam para voltar ao prédio. Enquanto caminham, Caio diz:

— Existir é um esforço de entendimento e de compreensão que nunca acaba, eu acho que é sobre isso que eu estou escrevendo.

— Pode crer.
— Pode crer.

Há quem prefira não imaginar nada disso, não justificar escritos — não que isso seja uma justificativa. Mas essa angústia e essa tentativa precária de compreensão da vida (e qual tentativa não é precária?) aparecem repetidamente nos diários de Maurício. E eu, teimosa que sou, faço o exercício que sempre digo aos leitores que deveriam fazer: fico tentando imaginar o que desejava Caio com aqueles questionamentos.

Aliás, um dos pontos altos do livro é sua estrutura. A história é um grande flashback, um tanto onírico, entremeado de partes do diário de Maurício no presente, como esta:

> De qualquer maneira, acho que se não existe Deus — ou qualquer outra força cósmica a que se possa dar esse nome — tudo é um grande caos. Uma grande merda, para ser bem claro. Todas essas filosofagens e angústias, essa procura de uma definição, de um caminho — tudo isso seria tão ridículo sem Deus. E são tudo hipóteses. (p. 51)

Ele afirma que não vai resolver questões existenciais em poucas páginas de um diário, que fica muito etéreo quando escreve sobre isso, e que queria mesmo era descer para falar sobre algo bem mais concreto para ele: sua solidão.

O medo da solidão como sina.

Maurício habita essa zona indecifrável entre a vida adulta e a adolescência e reclama que, quando fala sobre suas angústias com adultos, eles as subestimam, dizendo que é assim mesmo, que faz parte do jogo da vida; quando fala sobre elas com pessoas da sua idade, é olhado com estranheza. Maurício quer a vida e quer a vida compartilhada, mas teme a incompreensão e por isso, também a solidão: "*E no fundo, o que existe sou eu. Como um grande ponto de interrogação sem resposta*" (p. 53).

Numa parte escrita à caneta preta, nas costas da página 14 do original datiloscrito, encontro o seguinte trecho:

> *Acho que se as pessoas nascessem sob a influência de um sinal gráfico o meu seria o ponto de interrogação. Nunca vejo nada claro, e tudo são perguntas, indagações, dúvidas que só o tempo e a vivência esclarecerão. Tempo. Então o que devo fazer é esperar. Sem desespero, sem melodrama, sem niilismo; esperar. Mas até quando? Meus Deus? Até quando?*

Tenho para mim que esperamos uma vida toda, Maurício. Ele vai encontrar um ponto de contato para abrandar sua solidão na presença de Bruno e Marlene, seus amigos. Mas há angústias que restam, que depois se assentam em nós, mais adultos e mais resignados talvez — ou, preocupados com outras coisas mais mundanas e inerentes à vida adulta, acolhemos essas angústias e criamos formas para elas, criamos exercícios, rotinas e rituais outros.

Acredito que, de algum modo, tudo tem seu tempo e lugar e que quando, no oitavo dia do mês de junho do ano de 1967, Caio Fernando Abreu pôs um ponto-final em seu livro, ele escolheu nos entregar essa delicada feitura narrativa. Única. Sensível.

O que vocês, leitores e leitoras, têm em mãos é um Caio belíssimo em suas precariedades.

Maio de 2021

Sobre o autor

Sob o signo de Virgem, com ascendente em Escorpião e Lua em Capricórnio, Caio Fernando Loureiro de Abreu nasce às 8h15 do dia 12 de setembro de 1948, em Santiago do Boqueirão, atual Santiago, no oeste do Rio Grande do Sul, a 450 km de Porto Alegre. Começa a escrever ficção aos seis anos, com a história em quadrinhos de Lili Terremoto, uma menina que quer fugir de casa. Leitor precoce, encontra nas prateleiras de livros dos pais Machado de Assis, Erico Verissimo, Monteiro Lobato, Charles Dickens, Guy de Maupassant, D. H. Lawrence e Karl May. Cursa o secundário num internato da capital e, em 1967, ingressa no curso de letras da UFRS (atual UFRGS), mas tranca a matrícula meses depois. Também frequenta o curso de artes dramáticas. No início do ano seguinte, muda-se para São Paulo, onde integra a primeira equipe de repórteres da revista *Veja*, trabalha como redator de fascículos da editora Abril e começa a publicar seus contos em jornais e revistas. Com a promulgação do AI-5, refugia-se por alguns meses na Casa do Sol, em Campinas (SP), sítio da poeta e amiga Hilda Hilst. Em 1969, é demitido da editora Abril e volta para Porto Alegre, onde retoma o curso de letras. Seu livro de estreia, *Inventário do irremediável*, é lançado em 1970. Na sequência, viria o primeiro romance, *Limite branco* (1971), publicado durante o curto período em que mora numa comunidade hippie carioca. Volta para Porto Alegre e dedica-se ao teatro, mas logo viaja para uma temporada na Europa, onde trabalha como garçom, faxineiro, lixeiro e modelo vivo. Sua próxima obra são os contos — três dos quais censurados — de *O ovo apunhalado*, lançado em 1975 com prefácio de Lygia Fagundes Telles, sua amiga e "fada madrinha". Em 1977, publica *Pedras de Calcutá* e, no ano seguinte, troca Porto Alegre novamente pela capital paulista. O aclamado *Morangos mofados* sai pela Brasiliense em 1982 e se torna sucesso instantâneo. A partir da década de 1980, Caio F. começa a fazer uma extensa revisão de sua obra, que ganharia novas edições ao longo dos anos. Em mais uma breve temporada no Rio de Janeiro, é a vez de publicar *Triângulo das águas* (1983), que vence o prêmio Jabuti de contos. Radicado novamente em São Paulo, lança *Os dragões não conhecem o paraíso* (1988), também laureado com o Jabuti de contos, *As frangas* (1989), seu único livro infantil, e o romance *Onde andará Dulce Veiga?* (1990). Em 1994, descobre ser portador do vírus HIV e volta a morar em Porto Alegre na casa dos pais. Publica, em 1995, os contos de *Ovelhas negras*, ganhador do Jabuti, e começa a organizar dispersos e inéditos. Morre no dia 25 de fevereiro de 1996, na capital gaúcha, de falência múltipla de órgãos, depois de vinte dias internado com pneumonia. No mesmo ano saem os volumes póstumos *Estranhos estrangeiros* (contos) e *Pequenas epifanias* (crônicas). Além dos contos e romances que o consolidaram como um dos nomes mais viscerais de sua geração, Caio Fernando Abreu escreveu peças de teatro e poemas e deixou uma vasta produção epistolar.

ESTA OBRA FOI COMPOSTA EM ELECTRA PELO ACQUA ESTÚDIO E IMPRESSA
PELA GRÁFICA PAYM EM OFSETE SOBRE PAPEL PÓLEN SOFT DA SUZANO S.A.
PARA A EDITORA SCHWARCZ EM ABRIL DE 2022

A marca FSC® é a garantia de que a madeira utilizada na fabricação do papel deste livro provém de florestas que foram gerenciadas de maneira ambientalmente correta, socialmente justa e economicamente viável, além de outras fontes de origem controlada.